라이터 좀 빌립시다
이현호 시집

문학동네시인선 055 이현호

라이터 좀 빌립시다

시인의 말

이생은 전생의 숙취 같다.

술 취한 고아들은 잘 자고 있을까.

홀로인 사람에게선 때 이른 낙엽 냄새가 나서

돌아보게 된다.

인간의 마음으로

끝내 완성할 수 없는 영원이란 말을

나는 발음해보고 싶었는지 모른다.

2014년 여름
이현호

하나의 가슴에 둘의 심장이 뛴다

그다음은 세계

차례

3부 벤치는 열린 결말처럼

1부

아름다운 복수들

붙박이창

그것은
투명한 눈꺼풀

안과 밖의 온도 차로 흐려진 창가에서 "무심은 마음을 잊었다는 뜻일까 외면한다는 걸까" 낙서를 하며 처음으로 마음의 생업을 관둘 때를 생각할 무렵 젖는다는 건 물든다는 뜻이고 물든다는 건 하나로 섞인다는 말이었다, 서리꽃처럼 녹아떨어질 그 말은. 널 종교로 삼고 싶어, 네 눈빛이 교리가 되고 입맞춤이 세례가 될 순 없을까 차라리 나는 애인이 나의 유일한 맹신이기를 바랐다

잠든 애인을 바라보는 묵도 속에는 가져본 적 없는 당신이란 말과 곰팡이 핀 천장의 야광별에 대한 미안함이 다 들어 있었다 그럴 때 운명이란 점심에 애인이 끓인 콩나물국을 같이 먹고, 남은 한 국자에 밥을 말아 한밤에 홀로 먹는 일이었다. 거인의 눈동자가 이쪽을 들여다보는 듯 창밖은 깜깜, 보풀 인 옷깃 여미며 서둘러 떠나갔을 애인의 거리는 막막하고 사물들은 저마다의 풍속으로 어둠에 잠기는데

어디서 온 것일까
환기한 적 없는 집안의 먼지들은

성탄목

그 겨울
살풋 맞잡은 손안엔
별이 살았다

우리는 하나의 소실점으로 멀어지는 세모꼴의 찻길을 육
교 위에서 내려다보았다 헐벗은 가로수 나뭇가지들 사이로
어둠살에 갇힌 차량의 불빛들 반짝이고 희미한 바람에 실려
공중을 떠돌던 마른눈송이들이 그 조감도를 맴돌 때

언젠가 저렇게 큰 크리스마스트리를 갖고 싶어

깍지 낀 손안의 별은 지구에서 가장 환한 성냥불 그 빛가
로 애인의 머리가 함박눈같이 내려앉았다 우리는 서로의 맘
속에 이 별이 다녀갈 만큼 큰 굴뚝을 지어주었다 꼬마전구
들을 별무리처럼 휘감은 겨울나무가 계절을 잊고 이른 꽃
순을 피워올렸다

그것뿐이었던
그 겨울
너에게

매음녀를 기억하는 밤
―부동은 또다른 흔들림을 위한 단잠에 불과할 뿐

허공에 한번 피었던 것들은 모두 어디로 사라지는 걸까 말하자면 우리가 어젯밤 귀를 맞대고 들었던 어느 섬나라 재즈 가수의 노래와 그 술집을 가득 메웠던 웃음소리들 말하자면 우리가 서로에게 던진 캐치볼 같은 고백과 가까스로 세이프 한 역전 주자처럼 뿌듯하게 부푼 마음들 이것들이 하늘로 올라가 더러는 백색왜성이 되고 더러는 붉은 울음을 긴 꼬리로 흘리며 이 땅으로 되돌아오기도 한다는 생각 이런 상상마저 우주 한쪽에 차곡차곡 쌓이고 있다고 느끼는 밤이면 나는 어쩔 수 없이 이국의 귀신을 믿게 되는 것이다

먼 나라의 낡은 호텔에는 귀신이 산다 언제부터 그가 끄물거리는 복도의 전구 빛을 양탄자 삼아 떠돌았는지 알 수 없다 잃어버린 온기를 찾는 것인지 외로움이 깊으면 겁이 되는 법인지 거미줄에 걸린 양 이 행성에서 체크아웃하지 못하고 이방인의 곁을 맴돈다 "수음으로 시간을 달래는 건 부끄러운 게 아니야"라고 속삭여주거나 "무명 극단의 '나무 1'이 되고 싶다"라고 일기를 적는 이방인의 손끝을 밤내 데워주는 것이다 말하자면 공중에 피어난 상처들에게 별자리의 이름을 붙여주는 일이다 땅과 하늘을 오가는 바람의 따뜻한 혈맥

너는 내가 읽은 가장 아름다운 구절이다

풍문처럼 떠도는 생은 없다고 믿는다 ──ˎ

* 생과 생 너머를 담고도 남을 듯한 손바닥만 한 뿔테안경 거기 인
공 호수처럼 박혀 있는 포용과 배반이 함께 서린 눈동자 복 많다는
두둑한 살집의 코를 가졌지만 아무래도 상관없다는 듯 굳게 밀봉한
입술 사이로 화농 같은 언어들이 터져나온다, 시집 속 그의 얼굴.
시인 이연주는 등단한 해 첫 시집 『매음녀가 있는 밤의 시장』을 내
고 이듬해 자살했다. 이 시의 부제는 이연주의 「신인의 말」(『작가
세계』 1991년 가을호 별권)에서 인용했다. ──

모든 익사체는 떠오르려고 한다
—에밀 시오랑에게

　이유 없는 슬픔이 나를 불심검문하는 날이 있네 그런 때 마음은 쪽방에 갇힌 어둠을 가만 들여다보네 물결무늬로 흔들리는 눈동자 위를 떠가는 부유물 같은 기억들, 한때 절망은 일벌처럼 분주히 인간의 정원을 쏘다녔지만 벌집이 된 심연의 여왕벌은 까만 애벌레만을 생산했네 권태의 명수 무기력의 천재 우울의 가내수공업자 타락의 장인 불신의 성자 따위가 이 돌연변이의 별명이었네 그것은, 나는 내가 되는 공포…… 홀로 될 때의 유령…… 갈 데 없는 귀소본능만이 시나브로 흐려가는 영혼의 녹슨 엔진이었네 그렇게

　마음자리에 비탄의 괴뢰정권이 들어선 날이었네 나는 어둠 속을 심해어같이 헤엄치는 쪽방에서 마음눈의 색맹이 되어갔네 온몸이 물속에 잠겨야 사는 침수식물처럼, 모든 물은 익사의 빛깔을 띠고 있다는 자네의 말은 옳네 공중은 추락의 심도를 품고 모든 초록은 잿빛의 스승이지 이생의 제목은 전생의 죄목이었다는 농담을 알약처럼 삼키며 나는 내 그림자 속에 누워보네 그것은, 그림자의 그림자…… 거울 안의 거울…… 단 한 번도 인생이 나의 소유권자인 적 없었다는 사실은 세계에서 가장 어두운 환희였네 이렇게

　나는 당분간 인간으로 산다는 잘못을 끝까지 버티기로 마음잡았네 나를 매달고 무인지경의 황야를 날뛰던 불안이라는 야생말도 이 밤은 거친 숨을 고르고 있네 듣고 있는가, 불

면의 언덕에 서서 날 거두지 못한 강물을 내려다보면 한 존
재가 한 존재의 고통을 켜는 아름다운 꿈이 윤슬처럼 빛나
며 들려오네 우리는 이미 삶은 몰라도 죽음은 누구보다 더
잘 연주하는 악기였네만

금수의 왕

금수만도 못한 인간이란 말 들어봤다면

그렇게 말한 건 자기 배로 날 낳은 한 암컷이었지 내 하나
뿐인 언청이 친구만 평생 욕하다 내장까지 썩어버린
그년이야말로 태어나서 가장 잘못 사귄 사람

발 달린 것들 모두 한 마리 미친개를 피해 다닌 사건들
의 시간
달아나기 전에
저게 왜 미쳤는지 왜 궁금해하지 않는 걸까

날카로운 것들이 정점을 가진 것들이
눈부셔

세상이 끝날 것처럼 끝난 것처럼
나는 길거리를 날뛰었고 그런 날만큼은
우연의 자식이 아니었지

그러다 이야기가 되려니 개 같은 사랑이……
불안을 먹이고 불안은 사랑을 먹이며

다음엔 안개로 태어나고 싶다는
널 보는 동안만 지상의 삶에서 손뗄 수 있었지

너 없이도 세상이 계속된다고 믿는 것들에겐 함부로 칼
을 꽂았고

다음엔 불빛으로 태어나고 싶다는
술집 창가에 비친 널 똑바로 볼 수 없어 나는 눈을 도려
내고 말았지
그토록 아름다운 것 앞에서는 어떤 표정을 지어야 하나요

희열에 찬 살인자의 얼굴이 아니고는

단지 마음이라는 죄를 안고 태어나
그 속에 너무 많은 것들을 가두었네
가시못 붉은 달 끈 떨어진 운동화 훔친 사진기 부러진 칼
날 추락하는 고양이 네 머리카락……
나의 배심원들

아름다움은 우리가 사라져도 우주에 남아 있을 겁니다
아름다움은, 아름다움
최초이자 마지막 단어

일평생 누굴 도운 일 없는 인간이지만 그래도 단 한 번 거
미줄에 걸린 나비를 풀어준 적 있다 해도

금수 같은 놈이라는 말 들어봤다면

필연을 완성한 금수의 왕은 달궈진 쇠 구두를 신은 듯
허공을 디디며 춤추었네
순수한 죄의 숲을 가로지르며
먹이에게 달음박질하는 맹목의 식욕으로

빛 앞에 속수무책인 부나방

아름다운 복수들

복수를 사랑한다. 그건 복수보다 아름다운 일. 그림자는
하나의 전구 빛을 나누기 위해 스스로 흐려지면서, 하나의
꽃술에 매달린 꽃잎들처럼 분신한다. 빵조각을 나눌수록 배
고픔은 깊어가지만, 굶주림에 대해 이야기 나눌 사람도 늘
어난다. 퍼즐 같은 삶의 문법 안에 복수를 흩어뿌리기 할
때, 무의미가 의미를 가지치기할 때, 투명해지는 어깨들. 멜
빵처럼 그 어깨에 두 팔 걸치고, 흘러내리지 않는 그림자가
될 때, 가지와 가지가 어긋매껴 만드는 그늘 아래 걸을 때,
사랑한다, 사랑하지 않는다…… 하나둘 떨어져나간 꽃잎들
이 퍼즐 조각으로 완성할 아름다운 복수들. 복수가 복수를
사랑해서 복수가 복수를 낳는, 그건 나무 더하기 나무는 숲
보다 아름다운 일.

마녀의 사랑

Ⅰ. 화형(火刑)

가슴 한복판에서 연기가 솟아오른다 가시덤불에 숨은 그림자가 발바닥에서 흐르는 피 받아먹는다 타들어가는 살냄새 피해 구름들이 떠난 자리엔 코발트색 하늘 에로스가 잠든 정오 나는 빛의 구두를 신는다 당신이 깜깜하다 이 갸륵한 연애의 끝은 붉은 달이 뜨는 내 밀실에서 시작되었다

Ⅱ. 편재(遍在)의 세계는 신열로 뒤끓은 뒤 하나의 세계에 편재(偏在)하고

배추벌레; 나는 새로 태어난다 나를 둘러싼 세계의 껍질을 먹어버리고 너라는 연한 배춧잎 갉아먹는다 나는 통통하고 푸르게 익어가는 초록색

모기; 어둠의 발치에서 네 주위를 맴돌아 식지 않은 네 피를 자궁에 담아 낱낱의 땀구멍들 폐 깊숙한 곳에서 뿜어지는 네 숨결 곁에서 무심결에 죽어도 좋아

빈대; 난 밤마다 빨갛게 몸이 부풀어 달아올랐는데 널 보는 내 맘 얼마나 가려웠는데 너에게만은 그토록 불결했는데

달팽이; 암수한몸이 될래 진액을 짜며 너에게로 갈래 네

손길이 머무는 곳마다 다른 색을 낳을래 소금에 닿은 듯 녹
아내릴래 순교자처럼 흰 피를 쏟을래

　도마뱀: 칼침을 견디는 도마와 발밑을 기는 뱀의 맘으로
갈라진 혀 네 꿈속에 남긴 초록 꼬리와 일촉즉발의 푸른 독

　배추벌레 알
　모기 눈알
　빈대 주둥이
　달팽이 더듬이
　도마뱀 꼬리

　뱀독, 땅벌 침, 고슴도치 가시, 박쥐 발톱, 거미 다리, 두
꺼비 물갈퀴도 빠뜨리지 말 것

　펄펄 끓인다, 속 끓인다, 애끓는다, 애간장 태운다

　그리고 별꽃과 장미 꽃잎
　마지막엔 새벽 첫 이슬

Ⅲ. 금기의 주문(呪文), 한 줄 생의 주문(主文)

　붉은 달이 질 때까지 솥을 저었네 내 사랑만은 변치 않으

025

리라 세레나데 흥얼거리며 *누군가에겐 사랑이 죄악이라는*
까마귀 언니의 충고 잊었네 새벽안개로 짠 드레스 입고 당
신의 창가를 넘을 때 내 맘은 솥단지처럼 느껍게 끓고 있었
네 잠든 당신의 귓속으로 끈끈한 분홍빛 묘약 흘러들어갔네
끔벅이는 올빼미 눈과 귀뚜라미 울음 고양이 그림자가 그
으밀아밀한 언약의 증인이었네 새벽을 찢는 까마귀 울음은
눈멀고 귀먹어 들리지 않았네

Ⅳ. 광장의 사랑

나도 모르게 떨어뜨린 노란 땀방울
혹은 환희의 눈물
어쩌면 창틈으로 틈입한 볕뉘
대체 어디서부터 잘못된 걸까

당신은 나를 정오의 광장에 패대기쳤다
내 속살이 그토록 하얀 것을 그렇게 검은 치마가 찢기고
야 알았다
오직 두 눈이 없는 한 남자만이 내게 침을 뱉지 않았다 아
니 어디에 돌을 던져야 할지 알 수 없었을까

의인들아!
나를 마녀라고 부르는 건 쉬우나

마녀의 사랑엔 다른 이름을 다오!

V. 화형(花刑)

오래 삭은 뼈같이 불타버린 십자가 아래
맹인 사내 하나, 재를 그러모은다
사람의 눈을 단 까마귀가 거기 상형문자 닮은 발자국 새
긴다
그래, 까마귀가 되어버린 언니에게도 마법 같은 사랑이
있었지

날 안아줘야 했을 그 손가락만은 나를 더러운 년이라고 손
가락질하지 말았어야 했다
벨벳처럼 보드라웠던 그 눈길은 처음부터 나와 마주치지
말았어야 했다

복수
그것이 마녀의 다른 이름이다

뜰힘

새를 날게 하는 건
날개의 몸일까 새라는 이름일까

구름을 띄우는 게
구름이라는 이름의 부력이라면

나는 입술이 닳도록
네 이름을 하늘에 풀어놓겠지
여기서 가장 먼 별의 이름을
잠든 너의 귓속에 속삭이겠지

나는 너의 비행기
네 꿈속의 양떼구름

입술이 닳기 전에 입맞춤해줄래?

너의 입술일까 너라는 이름일까
잠자리채를 메고 밤하늘을 열기구처럼 솟아오르는
나에 대해

안녕하세요, 당신의 고독은

  시인 카몽이스는 촛불이 꺼졌을 때 키우던 고양이의 눈빛
으로 계속 시를 썼다 그렇게 어감이 아름다운 곳으로 날아
가고 싶은 항하사의 저녁 우리가 검은 단어들로 수의를 짓
고 있는 이곳은 낯익지 않을 오지의 시간 그대의 고양이는
두루마리처럼 몸을 말고 자고 있는지

  여기가 꽃자리라면 몇 잔의 마유주를 들이켜고 이생의 별
자리를 방랑하는 동안 끼적거린 몇 쪽의 구겨진 낭만을 걸망
에서 꺼낼 일 독백도 방백도 아닌 춤을 추는 마음속의 사구(
砂丘)며 입안에 서걱대는 미망의 이름이며 영원의 음(音)인
고독은 다섯번째 계절에 미뤄둔 채

  우리들 모두는 여기 출신이지만 우리들 모두는 다른 별에
서 왔다는 것도 잊고 검은 수의를 걸친 채 드럼통에 젖은 악
보를 던져넣으며 우리는 가장 아름다운 어감으로 서로를 불
러보네 어둠 속을 너울대는 한 편의 촛불 같은 너를 저 멀리
서 오는 고향 별빛 아래 고양이같이 옹송그리고

  우리는 우리의 손가락이 고독으로 길어져버렸다는 데 밤
을 새워 부정했지만

13월의 예감

나는 조용히 미쳐가고 있었다
물컵 안에 뿌리내리는 양파처럼 골방에 누워
내 숨소리 듣는다, 식어가는
유성의 궤적을 닮아가는 산[生] 짐승의 리듬이
빈방으로 잘못 든 저녁을 잠재우고 있다

물질의 세계로 수렴하는 존재가 아니다, 나는
붕대 같은 어둠이 있어 너에게 사행(蛇行)하는 길 썩 아
프지 않았다
잠시 네가 아니라 끈적끈적한 입술을 섞던, 어느 고깃집
의 청춘을 떠올린 것만이 미안했다
담배 연기에 둘러싸인 너의 형이하학과
당신 배꼽 안에서 하룻밤 머물면 좋겠다던, 철없는 연애
의 선언만을 되새겼다

이토록 평화로운 지옥에서 한 무명 시인이 왕이었던 시절
세상은 한 권의 책이고 그 책엔 네 이름만이 적혀 있었
을 때
나는 온누리를 사랑할 수 있었지
데워지지 않는 슬픔이 통째 구워진 생선같이
구부러진 젓가락 아래 삼켜지길 기다리고 있다 해도

한 장의 밤을 지우개의 맘으로 밀며 가는 내가 있다

너의 비문들을 나에게 다오

네게 꼭 맞는 수식을 붙이기 위해 괄호의 공장을 불태웠

지만

어디에도 살아서는 깃들 수 없는 마음

네 앞에서 내가 선해지는 이유

애무만으로 치유되지 않는 아픔이 산다는 게

싫지 않았다, 나를 스친 바람들에게 일일이 이름표를 달

아주었지

너에게 골몰하는 병(病)으로 혀끝이 화하다

조용히 미쳐가고 있다, 나는

령(零)

시간들이 네 얼굴을 하고 눈앞을 스치는
뜬눈의 밤
매우 아름다운 한자를 보았다
영원이란 말을 헤아리려 옥편을 뒤적대다가

조용히 오는 비 령(零)

마침 너는 내 맘에 조용히 내리고 있었으므로
령, 령, 나의 零
나는 네 이름을 안았다 앓았다

비에 씻긴 사물들 본색 환하고
넌 먹구름 없이 날 적셔
한 꺼풀 녹아내리는 영혼의 더께
마음속 측우기의 눈금은 불구의 꿈을 가리키고
零, 무엇도 약정하지 않는 구름으로
형식이면서 내용인 령, 나의 령, 내

영하(零下)

때마침 너는 내 맘속에 오고 있었기에
그리움은 그리움이 고독은 고독이 사랑은 사랑이 못내 목
말라

한생이 부족하다
환상은 환상에, 진실은 진실에 조갈증이 들었다

령, 조용히 오는 비

밤새 글을 쓴다 그를 쓴다
삶과의 연애는 영영 미끈거려도

2부

혼자 무렵의 태풍

왜 이렇게 젖어 있는가

죽은 친구[1]의 이름[2]이 기억[3]나지 않는 순간[4]
느낀다[5]
생(生)[6]에 너무 많은 주석들[7]이 붙었다고[8]

1) 그 친구를 사랑하진 않았지만 잠결에 마지막 전화를 못 받은 일이 부재중 통화를 볼 때면 누진 어지럼증으로 생에 대한 난독증으로 내내 씁쓸한 것이다

2) 신경쇠약에 시달린 이름을 몸에 맞지 않는 외투같이 걸치고 나는 이 세계의 계절들을 온통 앓으러 간다 이름은 출생처럼 자의와는 무관하니 친구라는 말 뒤에 접착할 별자리 이름 하나 구하는 중이다

3) 우린 잊히기도 전에 까맣게 사라질 것이다 이 세상은 누군가의 꿈속일 뿐이니까

4) 어떤 시간들은 우릴 안아주다 가고 어떤 시간들은 우릴 후려치다 가지만 모두 푸르게 출렁이는 시간 속의 시간이라고

5) 모기나 파리라도 살갗에 앉아줬으면 싶은, 마주본 두 장의 거울처럼 한없이 속을 펼쳐 보이고 싶은, 그런 날이었어 내릴 곳을 놓친 버스에서 낯선 사람의 팔꿈치에 슬며시 내 까만 팔꿈치를 대어보았지

6) 우리 짧은 날도 우주에 붙는 각주에 불과하고 우연은 뺑소니처럼 삶을 완성하지만

7) 왜 그렇게 젖어 있는가, 너와 내가 가장 아름다웠던 때는

8) 네 시퍼런 동정을 떠올리며 귓불을 빨갛게 적신다, 울분의 힘으로 섹스를 하다가

말들의 해변

꿈자리의 파수꾼 불침번이 되어 먼저 잠든 이들의 베갯잇을 도닥거리다 말고 오늘밤은 꿈의 날개를 달고 모처를 항해중일 널 상상합니다 아무것에도 취하지 않았는데 무엇엔가 취해서는 손끝으로 별들을 이으며 별자리로 새깁니다, 네 이름을

해변에 도착한 말들은 어디로 갑니까

널 알기 전 "고독에도 연습이 필요하다"라는 문장을 썼습니다 다시 고독의 자리에 그리움을 앉힙니다 얼마나 긴 연습을 거쳐야 그리움 자체가 되겠습니까 몇억 광년을 거쳐 하얀 고백을 전하는 별들의 자세를 배울 수 있겠습니까

해변에 도착한 말들은 이제 어디로 갑니까

잠은 답장처럼 쉬이 오지 않습니다 짙은 비애의 잉크로 공들여 기른 말들은 네 앞에서 길 잃어 바람마저 등돌린 황야 설운 울음소리만을 파종하듯 뿌릴 듯합니다 그것들은 가장 키 큰 애련의 줄기를 키우겠지요 눈물의 실과를 꼬박꼬박 지치지도 않고 피우겠지요

해변에 도달한 말들은 어디로 향합니까

물안개 속으로
녹음 아래로
단풍나무 숲으로
눈보라를 거슬러
다시 너의 리듬으로

해변에 도달한 말들은 이제 어디를 향합니까

낭만, 그것은 달빛과 별빛 바람과 구름으로 짠 빛바랜 외투 낭만주의, 그것은 낭만이나 헌책 술병 따위를 주워 모으는 일 나는 넝마주이나 다름없는 한낱 낭만주이일 따름이지만 이 천업의 재산을 송두리째 네게 바칩니다 이름 얻기만 기다리는 무명의 들풀을

해변에 당도한 말들은 어디로 달립니까

고독하다면 이 밤 내 너를 헤아리는 이 있어 대작(對酌) 같은 위로가 되기를 튼 손으로 네 꿈을 깁는 새벽이 있습니다 아무것도 아닌 나는 그 무용(無用)을 깡그리 네게 봉헌합니다 아무짝에도 쓸모없는 씨앗 하나 아무렇게나 돼도 잘 크는 13월의 탄생화를

해변에 당도한 말들은 이제 어디를 달립니까

수정 구슬 안으로
눈동자 속으로
유전(流轉)의 언덕을 넘어
해변으로
다시 너의 운율로

처음 본 날 대뜸 내 아이를 낳아 달라고 했습니다 그 아이는 꿈속에서 세상모르고 잠들었습니다 아이의 옹알이를 달빛 조각배에 실어 띄우겠습니다 우리가 네 꿈으로 살며시 걸어들어가겠습니다 내내 아름다운 안녕 속에 머무시는 동안

해변에 도달한 말들은 어디로 내달립니까

너는 저 멀리 수평선 아래로 침몰하는 노을로 불타는데 거기까지 가닿지 못하는 말들 붉은빛으로 물드는 어린 말 갈기들 히잉히잉 하얗고 눈부신 메밀꽃으로 흩어지는 기적 (汽笛) 같은 울음들

이제 어디를 내처 달려야 합니까

해변에 도착한 말들은

옥탑에서 온 조난통신

슬레이트 지붕에 머리 짓찧는 햇살도 꽃 피운 적 없는 행운목도 지난겨울 김 서리던 연애도 여기 살았다 이 조난의 명소를 숱한 별똥들도 놀다 간다 훌리건처럼 우르르 몰려온 빗방울들도 창문에 이빨을 깨뜨린다 한여름 밤 꿈처럼 와자지껄 몰려와서 마시다 꿈꾸다 진다 지는[落] 게 지는[敗] 건 아니야 밤새 초록 양초들을 다 태우며 삶의 가면을 연습한다 뒤늦게 불종인 양 문 두드리는 건 살아보지 못한 외눈박이의 날들 야음을 틈타 주군의 목을 들고 적진으로 스며드는 늙은 모사꾼의 눈빛 같은 달빛 별빛 빛나는 밤 그래서인지 그럼에도 불구하고인지 죄다 난파한 것이다 끊긴 필름처럼 기억나지 않는 꿈들은

볼인 줄 알면서도 배트를 휘두르는 대타의 심정으로

혼자 무렵의 태풍

잠잠하다고 태풍이 물러났겠는가
더욱 적요하다
태풍의 한가운데는, 그 혼자 무렵은

우기의 예감마다 이름을 달리해 찾아드는 태풍 같은 너
나는 뒤집어 벗어놓은 양말같이 무력하다
날아간 지붕과 함께 겉과 속의 경계도 허물어졌다
빗방울의 기총소사에 내상 입은 시간들
누명 입은 죄수가 흔들어대는 철창처럼 덜컹대는 유리창
신발 안을 굴러다니는 성가신 돌조각 같은, 별들
풍속 너와 나 사이의 큰센바람에 쓸려 다닌다; 그것이 태
풍의 일
갈 곳 잃은 꿈들이 갈수록 세를 더해 사나워지는 것
속엣것들을 죄다 휘젓는 태풍만을 사랑하는 사람; 그것은
인간이기 때문에 인간에게 하는 일
체념의 깊이만큼의 강우량 속에서 추깃물을 흘리는 이 밤
의 비정(非情)
태풍과 태풍의 눈 다시 고요와 극렬의 징검다리를 오가
는 마음
불게 하기는 쉬워도 머물게 하기는 어려운 바람
폭우를 거두기엔 버성긴 자기모멸의 씨실과 온기의 날실

태풍에 그토록 순한 짐승들의 이름을 붙인 이 누구인가

다른 사람의 영혼을 적실 습기를 품은 사람은 얼마나 다
행한가

네 쪽으로 고꾸라지고 싶은
다만 폭풍에 우지끈 부러지는 아름드리나무처럼

겨울나무에서 겨울나무로

눈더미를 시트처럼 뒤집어쓴 겨울나무들이 장렬(葬列)을 이루고 있다 느끄름히 이우는 하루 속을 걸어가는 사람도 겨울나무를 닮았다 바람에 쓸려 다니며 지상에 앉지 못한 마른눈송이들은 아직 짐이 무겁지 않기 때문이라고

그때

한 겨울나무가 팔을 분지르고 온몸을 떨며 더께 같은 눈덩이를 털어냈다 그것은,

한 영혼의 낙차

―한때 나는 다른 사람이었고 그 사람은 내가 되고 싶지 않아 했다 나는 악착같이 살아서 만나자고 말하고 그를 떠나왔다 빈방에 한 마리 구름을 기르던 그가 밑줄 친 시구처럼 떠오르면, 그는 나를 대신해 슬퍼해준다―

생활이 생활을 반성하지 않듯이 때묻은 손을 다른 한 손이 가리듯이 눈은 발자취를 첩첩 덮어주었다 줄지어 선 겨울나무들의 끄트머리로 걸어 들어가는 사람은 무슨 계절과도 불화하지 않았다

다시

겨울나무에서
겨울나무로

궤적사진

나를 치열하게 했던 착란들은 어디로 갔을까
창밖 가로등은 제시간에 불을 밝힌다, 여느 때처럼
왜 그래야 하는지도 모른 채
나는 저주하는 이유를 모르고 여전히 저주한다
불행하게 태어나는 건 없다는 당신의 말을
너 따위가 알까, 추락한다는 것
죽을힘으로 뿌리치면 죽을힘으로 되돌아오는 부메랑 같은
인간을 향한 갈망을
사람의, 사람에 의한, 사람을 위한
맹목의 시간 속에
뜨내기 같은 마음의 바큇자국을 망망연히 들여다보다가
나는 무서운 게 없어져버렸다
필연을 따라서
언제든 부고장 물고 이 천공으로 회귀할 철새들
너무 오래 삶의 객지에 노출되어 있었다

죽은 별들의 궤적사진에서 참혹한 선의를 본다
나의 불행은 누가 꿈꾸던 미래였을까

현해탄

죽음이 가장 쉽다. 삶은 그다음이다. 인간의 시간을 소진
하기 위해 시 쓰고 노래할 때, 슬픔은 삶보다 가까운 데서 온
다. 선배와 바람난 애인이 결혼한 이듬해 자살하고, 외삼촌
은 공사장에서 벼락같이 떨어진 벽돌에 머리가 깨져 죽고,
관상을 공부하던 친구는 군에서 제 손으로 목을 매고, 후배
는 이유도 모른 채 살해당하고 불태워졌지만

"사는 것이 죽음이 되는 일도 있지만, 죽음이 사는 수가 있
는 이치가 있는 것을 아오?"

"눈물로 된 이 세상에 나 죽으면 그만일까, 행복 찾는 인
생들아 너 찾는 건 설움."

이 검고 얕은 암초의 바다에서, 몇 번이고 생의 맨얼굴과
마주치면서도, 울 수 있어 다행이라고, 휑휑한 슬픔을 만끽
하며 살아 있었다. 새떼는 날아오르고 낙엽은 내리고, 강은
흐르고 달은 그 위를 둥헤엄 치는데. 오도카니, 삶보다 가까
운 데서 차오르는 슬픔에 배가 부를 때, 생이 가장 쉽다. 사
(死)는 건 그다음이다.

* 큰따옴표로 묶은 첫번째 부분은 김우진의 「사(死)와 생(生)의 이
론(理論)」에서, 두번째는 윤심덕의 노래 〈사(死)의 찬미〉에서.

하나의 바늘 끝에서 얼마나 많은 천사들이 춤추는가

비행기 창문으로 내려다본 밤바다에는 선박의 불빛들이 인간의 별자리를 그리고 있다 70억 개의 빛과 어둠이 제각각 명멸하는 하늘 아래, 나는 저들이 평생 읽어볼 일 없는 한 줄 고민을 궁리중이다

천사가 바늘 위에 몇 명 올라갈 수 있나?

옆자리에는 얇은 담요를 안락한 죽음처럼 두른 소녀가 쌔근거리고 있다 하느님이 거짓말쟁이가 아닌 건 그가 아무 말도 하지 않기 때문이지만 나는 잠든 당신의 눈동자 속을 같이 걸으며 허풍선을 떨지 않을 수 없다 소녀여,

내가 떠나온 섬나라에선 달빛으로 술을 빚는다 마시기 전엔 술병을 두드리는데 그건 거기 깃든 악귀를 쫓기 위해서란다 난 운명선이 닳아 없어질 때까지 술병을 타악기처럼 두드리며 달빛이 마르도록 혼음했지 그러나 한 인간이 어떤 삶을 살았든지 간에 이 세상에 제 흔적을 남기지 않고 가는 사람은 없다 꿈의 해변을 함께 산책하며 너는 내 흔적이 된다 소녀여,

네가 내 삶의 한 조각을 잠시 쥐어볼 수 있다면 넌 머리가 세도록 울 수밖에 없을 텐데 사실 난 물위를 걸을 수도 있는 몸 그렇지만 방랑하는 나의 걸음은 네 안의 사막 물기 없는 발은 유사(流砂)에 쓸려가고 이 폐허를 건너지 않는다 흔한

낙타 한 마리마저 소녀여,

 네가 몸을 뒤척이니 더하는 말이지만 너는 나의 유랑을
듣는 것만으로도 엉덩이에 뿔이 날 것이다 네가 내 표류의
꼬리라도 잡을 수 있다면 넌 모든 별자리를 외울 수밖에 없
을 텐데 사실 난 하늘을 날 수도 있는 몸 그렇지만 잃어버
린 고향은 네 안의 공중정원 녹아버린 날개는 비사(飛沙)
에 뒤섞였고 이 하늘을 건너지 않네 길 잃은 철새 한 마리
마저 소녀여,

 이제 귀가 먹먹해지는 시간이다 입을 크게 벌리고 하품하
면 이생의 기압을 거슬러오는 음성을 들을 수 있다 하나의
바늘 끝 위에서 얼마나 많은 천사들이 춤추는가 작고 아리
따운 어린 사람이여,

 너라는 단 한 명
 한 인간의 삶이 어떠했든지 간에

외눈이지옥나비로 생각하기

  첫여름 그늘에 앉아 생각한 건 네가 아니었다 오지 않는
한 편의 시 같은 건 더욱 아니었다 다만 소낙비가 내렸고 빗
방울 사이로 아슬아슬 허공에 붓질하듯 검은 나비 한 마리
올랑대고 있었다

  비가 누굴 사랑한다면, 적시는 일밖에 할 수 없어서
  중력이 누굴 사랑한다면, 끌어내리는 일뿐이어서

  나는 한두 줄 문장을 떠올리다가 깊어가는 그늘에서 생각
한 건 네가 아니었으므로 낙오된 한 편의 시 같은 건 더더욱
아니었으므로, 이건 내 오랜 병명이구나―저 나비의 궤적이
누구의 이름일 리 없건만 나비의 목소리는 나 비(非)의 시
간 너머에 있을 것이건만―이것은 남루한 변명이구나, 그저
  전략이 아닌 전력으로 빗속을 헤치고 있는 부르기 미안한
이름을 주린 눈동자로 바라보았다 비가 멎자 자연 바위에서
젖은 날개를 부채질하듯 흔드는 어떤 말씀을―시간이 지나면
모든 시는 만가가 되듯이 모든 순간이 한 이름으로 수렴하는

  그 이름을 생각하면 외눈과 지옥과 나비[我非]가 된다는
  아름답고 축축한 오독과 하릴없는 병명과 변명을

  날 부르지 않는 이름의 무늬를 보며 생각했다
  어떤 삶은 어떤 이름의 얼룩이라고 생각했다

새들은 적우로 간다

어둠이 포근해서 풀벌레도 울지 않는 밤의 놀이터에서
애인은 시집을 읽었네
나는 스프링에 묶인 목마를 타고 율랑율랑
적우로 가는 길이었네
고개는 계속 끄덕였지만 인정한 건 아무것도 없었네
적우에서, 새들이 벗어놓고 간 깃털 몸에 붙이고
울음소리 지상에 닿지 않을 곳까지 날아가고 싶었네
어린 애인이 내게 물어온 한자들은 流星(유성) 落葉(낙
엽) 亡命(망명) 遊廓(유곽) 같은 것들이었네
그가 말한 단어들 입 밖으로 흘릴 때마다
雨르르 雨르르, 어딘가 허물어지는 소리 들렸네
병든 시간들이라 언제나처럼 읊조렸지만
한번 내린 비는 되돌아갈 줄 모르고
바닥에 모여 투명한 입 벌리고 있었네
때아닌 한 장의 계절 어떻게 넘겨야 할지 몰랐네
하늘에선 심인성(心因性) 별들 플래시처럼 터지고—
사는 게 취미가 될 수 있을까,
미끄럼틀의 빗방울 훑으며 그는 말했네

적우(積雨)를 거슬러
깃털 벗은 새들 온몸으로 날아가고

* 적우: 積羽, 새들이 깃털을 벗는 북방의 땅. 『산해경』에 나온다.

051

징크스

징크스, 너는 폐허로 폐허로만 가자 한다

오라는 일도 가라는 이도 없는 술자리, 꽃자리
뜨뜻미지근한 숨 홀짝이며, 홀과 짝을 가늠하며
죽도 밥도 아닌 삶에, 죽은 삶에
골똘하다가 그만 만취(漫醉), 만취(晩翠)했다

낯선 낮을 마주하며 깨어난 한낮의 어색함으로 삶과 어깨
동무하며 혼숙하는 날들이었다.

징크스, 우린 상하의가 분리된 세계를 떠나 원피스같이
완전해지고 싶다

배우지 않아도 뒷골목에서 첫 키스를 나누듯이
우리는 입영통지서처럼 불쑥
세상의 비의(秘意)를 알아챘으므로
밀정처럼 은밀히 스며들고 싶다

이인칭도 삼인칭도 될 수 없는 시간 속으로.

징크스, 시간이 나뭇가지에 구름을 꿰어 행장을 꾸린다

열정이 나귀의 발굽을 가볍게 할 순 없다

낙조의 그물을 빠져나가는 침묵을 본 적 없다
가없는 우주 속에서 가엾이 녹아내리며
쓸쓸한 안부를 묻는다, 신(神)이 떠난 별에서

징크스, 초점 잃은 피사체같이 흐려지다 남는 건 스스로
를 겨눈 살의였다.

징크스, 악다문 울음보 안엔 태어나야만 하는 소리가 있다

징크스, 직립의 소슬한 무게를 해거름 지평선으로 잡아당
기는 무서운 애련이 있다

징크스, 폐허가 된 고성(古城)의 반 토막 기마상은 영원
히 달리고 있다

징크스, 흰개미들이 꿈속으로 물어다 나르는 부서진 곤
충의 날개

참을 수 없이 떨리는 요의(尿意)

시간이나 죽여야지 했는데 시간이 나를 죽이고 있는

삶의 부목(副木)이여

3부
벤치는 열린 결말처럼

새로 쓰는 서정시

구만 구천 편의 시 속에 네가 없는 것은 참혹하다. 이 밤 형광등과 달과 은하와 내생의 빛까지 가닿지 못하는 종이 위 엔 네 그림자뿐. 수십 장의 파지 속엔 일순 삶을 끊어낸 수 백 그루 나무, 발목 잃은 수천의 새들, 쫓기는 삶의 눅진함 을 쉬던 산짐승의 그늘이 수만 평 젖어 있다. 그들이 올려보 던 별자리가 네 얼굴이다. 내 아비와 그 아비의 우주에도 다 만 너뿐이어서 그리움이 낙엽 타는 냄새처럼 코끝을 울리는 계절에 나는 태어났다. 세상의 낡은 비유는 내 전생(前生)의 전생(全生)에 걸쳐 네게 불태운 백단향의 기원. 내 일대기는 거리에 지문 한번 찍고 돌아서는 눈과 비, 네게 각인되기 위 해 구름으로 빚은 인장(印章)들의 역사다. 아득한 인간의 하 루에 아로새겨지는 그 봄가을이 네 향내다. 핏빛 인주로 밀 입국한 너의 세계는 꺼내면 빛에 흐리고 두면 새로 찍을 수 없는 필름같이 숨에 걸리고, 그 흑연색의 감광(感光)이 또한 네 몸짓이다. 이 너절한 몇 겹 생의 조각보로 널 오롯이 덮고 싶었으나 지상의 시간은 허청허청 석양 속으로. 심해어 같은 숱한 잠상(潛像)들이 활개치는 여기, 다시 네 이름만이 내 전 생(轉生)의 마르지 않는 고해이다. 그대여,

새로 쓰는 모든 서정시의 서문은 너다.

봉쇄수도원

그는 세상에서 가장 아름다운 문장을 쓸 수 있지만 완벽
을 위해 그 문장을 남기지 않는다

술 취한 천사에겐 천사의 몫을
오래 굶은 귀신에겐 고수레를
까마귀와 까치에겐 그들의 밥을

우리는 우리의 사랑을 남겨두었다 그 사랑이 아름답지 않
았다면 우린 이별하지 않았을 테지만

하느님의 것은 하느님에게, 아름다운 삶은 아름다운 너
에게

지난 것이 만날 것을 버린 것이 남은 것을 생활하니까
미문(美文)은 미문(未聞)의 사용흔이니까
모든 문을 여는 열쇠공도 돌아갈 집은 하나뿐이니까

단 하나 미문(美門)의 열쇠를 만지작거리며
그는 침묵으로 돌아눕는다, 우리는 처음의 사랑을 버린다

아름다움은 그렇게 살아남았다

북극성으로 부치는 편지

두 눈은 왜 한곳을 쳐다보면서도 서로 바라볼 수 없을까 오래 비워두어서 어둠이 무단점거한 집에 들어 텅 빈 운동장 같은 마음에 퍼지는 밤의 물무늬를 들여다본다 판화처럼 멈춰 선 채 누군가 이 풍경을 색칠해주길 기다린다 파도가 모래사장에 쓰인 전언을 가마득한 풍화 속으로 데려가듯 어떤 피할 수 없는 사건이 나를 지워주길 바라고 있다 블랙홀처럼 깊이깊이 슬픔의 빛을 빨아들이며 캄캄해지고 있다 크나큰 비관과 크나큰 낙관은 암수한그루이듯이 블랙홀에 삼켜지는 별이 가장 눈부신 광선 다발을 내뿜듯이 말해지지 않는 슬픔들이 문득 조각칼같이 날카롭게 일어서는 순간 나는 몰락을 예언받고 불가지론자의 낯빛으로 신전을 나오는 왕처럼 예감한다 맞잡았던 손과 손 사이의 인력이나 인연 같은 것들을 끝내 알 수 없으리라 그럼에도 불구하고 빈 동전지갑같이 벌어진 상처 안에 남은 한 닢 은화를 단단하게 추슬러 목발처럼 짚고 장전된 탄환같이 옹송크린 세속으로, 외계로, 시간의 트랙 밖으로, 너에게로,

하나였다가
둘이었다가
세계가 되는

나의 극지로, 하릴없이 갈 수밖에 없는 운명이 있다는 걸 예언을 벗어나려는 몸부림이 결국 예언을 완성했음을 깨달

은 왕의 비극으로 나는 다시 알게 된다 왜 멸망을 향해 걸어
가는 왕은 아름다운 신화가 되는가 메아리의 지표생물이 자
라는 너의 정원이 닫혀 있다면 나는 나에게로 돌아가는 길
을 잃을 것이지만 별똥별들을 주주로 삼고 묵언으로 편지를
적는 회사를 세워야겠다 대책 없는 낙관의 공수표와 나의
몰락이 기록된 어음을 발행하며 밭은기침 앓는 가난한 하루
들이 노동하는 공장의 물레를 돌려야겠다 너의 한마디로 인
해 나의 지구는 자전을 멈췄다가 어제와 내일의 계절을 불
러들이기도 했듯이 그 맹신의 힘만으로 시간이라는 이름표
를 단 집배원도 수취인 부재의 죽은 편지를 피 묻은 한 장
엽서를 객지에서 산화한 계절들의 전사 통지서를 전파보다
가벼운 영혼으로 지치지도 않고 물어 나를 것이다

  세계였다가
  둘이었다가
  하나가 되는

  첫 편지가 달빛의 창백한 안색으로 불운한 우편함을 점치
고 있다 유능한 탐정이 단서를 찾는 섬세한 손길로 나는 *인
간에게*라고 썼다가 지운다 다시 *너 당신 그대 고아에게*라고
적어본다 입때 흐릿하게 남은 별들이 모스부호처럼 깜박이
며 주소를 타전한다 매일 밤 모아 불태우는 죽은 편지들의
연기가 우주로 날아간다 집과 북극성 그리고 당신은 이음동

— 의어 나는 마침내 내가 아는 단 하나의 항구를 그려 넣는다

　　북극성에서 편지를 받아볼 독자여
　　두 개의 눈덩이는 서로 맞닿아야 비로소 한 사람이 된다
　　그 순백의 사람으로서 우린 겨울밤 서로의 체온을 앓으며
　　함께 녹아가자 은하수의 별처럼 따로 또 같이 흐를

　　편지를 밀봉하는 순간 세계는 둘로 쪼개진다
　　부치지 않았으면 어쩌면 완벽했을지 모를 하나의
　　괄호

습관성 난청

저마다 다른 음계로 내리는 눈송이를
그저
눈송이들이라 부를 입만을 가졌으니
너를 놓치는 일이 잦겠다

온몸에 눈꽃을 피운 겨울나무는
노래를 떠나고 있다

꽃의 온도

어두운 막(幕)이 이마 위로 내리는 순간이 있다, 눈을 감고 한 문장을 되뇌듯이. 혀끝으로 간질여보는 윤곽들이 둥글게 무거워지는 저녁, 놀란 새떼처럼 산개하는 낱말들이 완성하는 하나의 꽃말

검은 항아리 같은 침묵 속엔 푸른 담요와 구겨진 운동화, 반쯤 열린 성냥갑과 줄 끊어진 기타, 빛바랜 필름과 깨진 손거울. 너와 나 사이를 흐르던 강물이 쇠약해진 자리에 봉오리 부풀리는 망각들

누군가는 머리를 긁적일 뿐이었지만, 또 누군가는 흐트러진 별자리들의 궤도를 좇아 떠났다. 한때 눈썹 위에 머무는 휘파람과 원색(原色)이었던 시선들, 그 시간들의 초점이 별빛이라 생각한 적 있다

얼굴을 지닌 것들이 참을 수 없이 측은한 밤, 유령처럼 입술을 지운다. 입을 열면 꺼져버릴 촛불이 코앞에 있다는 듯, 침묵이 더 많은 내일을 갖고 있다는 듯

재채기 같은 사람들이었다, 우리는. 목을 옥죄는 이물감과 스스로 목을 꺾는 목련의 창백한 진실

그 강가의 유적지에 머무른 텅 빈 눈동자, 갓난아이가 젖

을 탐하듯 곰삭은 유물들을 더듬거리던. 은총은 우리의 어휘가 아니었지만, 민들레 씨가 제 속에 흰 깃털과 바람을 품고 있는 것처럼 별빛이 깨워낸 몸의 기억들

해진 바지로 검붉은 무릎이 드러나고, 물통 속에 한 방울의 젖은 영혼도 남지 않았을 무렵. 이목구비를 핥고 가는 바람과 달빛의 은은한 촉수 속에서 세계의 생채기인 이름들을 차갑게 발음하는 강물의 혀

너와 나의 행간이 피워낸 적자(嫡子)

시들어 떨어진 게 아니라 다만 낙화라고 불릴 따름이다. 손바닥으로 작은 그늘을 만들어줄 때, 이미 꽃말을 품고 있지 않은 꽃잎들

거꾸로 선 쉼표가 가리키는 것은

 당신은 쉼표를 신는다. 계절은 엽서를 띄우고 찾아오지 않
고, 자궁이 지워진 쉼표들 뒤로 타살된 히말라야삼목들 잘
린 목에서 샹그릴라로 가는 철로는 접었던 몸을 일으킨다.

 —어제 죽은 비유는 찢어진 달력을 덮고 잠들고

 이해할 수 있는 책만 읽고 싶었다. 후두두 입에서 떨어진
말들이 책갈피에 미라처럼 누워 있다. 책 속으로 걸어들어
가 마침표가 된 사내를 알고 있다.

 —쉼표가 많으면 숨이 덜 차지만, 그만큼 뒤돌아봐야 해

 히말라야삼목 그늘에서 쉴 때 자전거 바퀴살에 낀 햇살들
짜르르 비명 지른다. 태양의 잘린 손가락이 구두코를 톡톡
두드린다. 불쑥 한 노인이 걸어나와 지친 가죽을 지팡이 위
에 걸어놓은 채 중얼거린다, 이젠 슬픔도 이미지일 뿐이죠.

 —이마의 행간엔 또 너무 많은 행간이 숨어 있다

 주먹 쥔 손의 집게손가락을 반쯤 들어올린다.

국제여관

너를 경(經)처럼 읽던 밤이었지

낯선 문법에 길 잃고 자주 행간에 발이 빠져
시든 줄기 같은 문맥을 잡고, 점자인 양 널 더듬거렸지

창틈으로 난입하는 빗소리에 글자들 번져
점점 눅눅해지는 어둠 헤치며, 너를 읽어 내려갔지

폐허가 된 역사(驛舍)에서 너의 그림자,
검은 장미 숲으로 떠나는 열차 기다리며
산문적이었던 삶의 비문(非文)들 생각했지

레코드판같이 돌아가는 밤하늘 아래
안개는 가로등 불빛을 한 뼘 비켜 흐르고
역사(歷史)가 되감겨와, 가물거리는 한 구절 경을
늘어진 테이프처럼 읊조렸지

마지막 페이지를 새긴 열차는 끝내 오지 않고,

어둠의 깊이만큼 경은 또 한번 두꺼워지는

묵음(默吟)

어떤 말은 울음의 성시(成市)이다. 죽은 첫사랑의 이름 소현이라든가

백일(百日) [명사] 아이가 태어난 날로부터 백 번째 되는 날
백일(百日) [명사] 아이를 가진 여자 사형수가 아이를 낳은 뒤에 사형 집행을 기다리는 기간

이 말의 지은이는, 사는 일과 사(死)는 일을 한번에 발음한 사람은, 그만
세계의 모든 시를 다 썼을 것만 같은데

백일을 산 아이가 울고 있다; 그동안의 인생만으로도 충분히 아프다는 듯이
백일을 산 여인이 울고 있다; 생이라는 소중한 장난감을 빼앗긴 아이처럼

세상에 홀로 우는 것은 없다
혼자 우는 눈동자가 없도록
우리는 두 개의 눈으로 빚어졌다

그 말을 상상하면 두 끈을 묶은 매듭이 떠오르는 건 어째서일까
엉켜 있는 매듭은 왜 울음의 이미지로 오는 것일까

그 단단한 매듭의 힘으로 인간이 구전되어 왔다면
우리의 어머니는 울음, 당신입니까

네가 혼자 울면 아무도 네 울음을 듣지 않지만 네가 신(神)
들을 향해 울부짖으면 그들은 네 울음에 귀 기울인다 한 마
을의 개들이 그렇듯이 그들은 너를 따라 울어대기 시작한다

고백하지 않았다면 영원했을지 모를 짝사랑처럼, 어떤 말은
세계의 모든 시를 다 읽은 듯만 한데

저녁의 작명

저녁 밖의 저녁에서 한 사내가 걸어온다

고요였던 사슴의 서늘한 입김과 비명이었던 구름의 붉은
가죽을 두 손에 들고

검은이끼산장으로 돌아가는 그는 오랜 그늘로부터 솟아
오르는 침묵을 사냥하고 오는 길

잿빛 이리의 그렁그렁한 눈빛 한잔을 마시고 왼손으로 이
마를 짚는 습관을 버리지 못한다

티티카카 호(湖)의 물비늘을 껴입은 외투가 먼저 눕고 젖
은 장화가 풀어놓는 검은 잠 속으로 리아스식 꿈이 상연된다

이 저녁을 다 건너기 위해선 여울의 몸부림으로 울 것

엽총엔 더는 장전할 이름이 남아 있지 않고 사슴 입김과
구름 가죽이 녹아내려 바닥이 홍건하다

명색으로만 남은 사냥꾼들이 잔을 부딪칠 적마다 늙은 숲
속에서 인간의 말을 하며 날아오르는 새들

황혼이 사냥꾼들의 빈 눈동자 속으로 침몰하면 한때 손금

을 맞대었던 것들의 기억이 그를 일으켜세우고

낡은 문짝처럼 삐걱거리는 저녁 밖의 저녁 속으로

한 사내가 걸어나간다

벤치

내 방에는 벤치가 있다
안에 있는 바깥이고 겉을 둘러싼 속이다
외출하지 않은 지 오래되었다

어제의 마음과 오늘의 마음이 달라서
우리는 매일 죽고 다시 난다
벤치는 늘 죽은 나로 비좁다

왜 그러고 살아
그러고 사는 게 아니라 살려니 그러는 거지
나였던 나와 나였었던 나의 담소는 마른 화초처럼 권태롭다
다행히 그들은 음악을 애호하는 취향이 같다

남향의 집에는 귤빛 볕이 가득하고
벤치의 나와 나는 서로 어깨에 기대 선잠에 든다
나와 내가 장난인 듯 벤치를 집밖으로 들어 옮기려 한다
하지만 벤치는 식물성이고 뿌리가 깊다
우리 중 누군가 몰래 물을 주고 있다

나로서의 기억도 잊은 오래된 나는, 오늘도
"네가 있어서, 나는 내가 찾아 헤매던 것이 너인 줄 알았다"

라는 문장의 뒤를 잇지 못한다
이제 나는 거의 벤치와 하나가 되었다

벤치의 발치에 누워 빤한 운명을 긍정한다
그럼에도 불구하고 살지 않은 때가 있었던가.
내일이면 벤치는 더욱 비좁겠지만
우리는 모두 벤치를 사랑할 것이 분명하다

그가 벤치에 앉기 전 잃어버린 문장은 무엇이었을까
벤치는 열린 결말처럼

이름, 너라는 이름의

누가 너 따위를 사랑하겠는가.

오늘밤도 차고, 무딘 바람은 전부 네 호주머니에 꼬리를 남긴다.

길 한복판에 우두커니 서서 궁리하는 세계는 네 입술로 가득하다.

조용히 너, 라고 발음해볼 때 진동하는 음원의 국경에서는 빈 교실의 소년이 삐뚤빼뚤 글씨 연습을 하고 있다.

언젠가 만든 적 있는 단풍잎 책갈피는 너와 선생들 사이에서 잎 꼬리를 올린다.

백팔 권의 경전을 넘겨온 작은 손바닥. 그리고 창밖,

검은 물밑에서 한 소년이 홀로 구르는 시소의 높이는

모든 존재의 극점이다. 네 이름은 폐타이어처럼 반 토막을 지하에 두고.

영원히 졸업을 앞둔 신(神)들은 모래밭에 모여 두꺼비집을 짓는다.

두껍아, 두껍아, 둥글게 침묵하는 집. 새집이 되지 않는 두꺼비들의 폐옥, 인두겁의 가장무도회장.

커튼콜의 장막을 열어젖히며 피핑톰은 떠든다. 네티, 네티 아무도 널 사랑하지 않는다. 누군가 해파리의 (물속에서만 투명한) 낯빛으로

눈덩이를 뭉치듯 손을 꼭 잡으며 사랑해, 라고 말할 때

오래도록 하나의 그림을 그려온 별들은 스스로 잊어가는 길.

오늘밤도 차고, 한 난폭한 손길이 별들의 가계도를 찢길
바라는 시간.

요란하게 떠는 자정의 전화벨이 교통하는 세계는 빈틈으
로 그들먹하다.

네가 마지막 잉크로 꾹 너, 라고 적은 노트의 뒷면에서는

천 년 전 마야 소녀가 달력을 세고 있다, 검은 고양이를
무릎에 얹고.

벙어리장갑을 낀 아이가 무심한 발길로 툭툭 굴려온 행
성들을

맞수가 떠난 바둑판을 오래 내려다보는 노인처럼, 태양은
쏘아본 것이다.

밤과 낮이 부딪치는 경계에서 바둑돌같이 단단해지는 구
름들, 꽁초를 버리듯 던져버린 이름들. 후—

촛불의 정수리가 가늘게 신음한다. 언제나

왼발 다음에 오른발 다시 왼발이 오는 슬픔. 끝내

너는 악수하는 법을 모른다, 손을 떠나서는.

너 따위를 누가 사랑하겠는가. 잊힌 책갈피처럼 한 페이
지의 시간만을 표지하는

너라는 무게.

* 피핑톰(Peeping Tom): 관음증 환자.
** 네티, 네티(Neti, neti): "이것도 아니고, 저것도 아니다"라는 뜻
의 산스크리트어.

4부

마음이라는 이생의 풍토병

잿빛

갑자기 세계가 사라져버렸어
평범한 수요일에
아나키스트가 되었지
해는 빨갛고 달은 노랗다는데
우리 해와 달의 궤도는 백지 위에 있어
별자리 밖의 별들이 우리의 각료
눈물마저 제 몸을 국적으로 삼았지

빈 술병과 죽은 화분 사이에서 깨어났어
평범한 수요일의 일이야
술병과 화분은 무슨 관련일까
무의식을 쥐고 흔들었지
속말을 위해 첨탑을 기어오르는 심경으로
해몽(解夢)은 해몽(解蒙)이 되고
몽조(夢兆)는 몽조(夢鳥)가 되어

날아가는

평범한 수요일이었지
종종 평범하다는 게 부끄러워
때론 평범하다는 게 편안해
평범과 평범은 같아서 다른데 달라서 같은데
평범이 평범을 저주하고

평범은 평범해서 평범을 이해하지 못해
사라진 걸까, 세계는

먹구름 뒤에서도 별은 빛나고 있듯이
알 수 없어도 인정해야 할 게 많아
추상에서 구체로 옮겨심기한 들꽃은 하루아침에 시들어
산문적으로 지속되는 우리의 생계
평범한 수요일이라서
여전하구나, 아름답구나
이 시간을 명명하려던 욕망을 철회하고
평범해지기로 해, 그저 시리도록

공평하게 평범한 수요일 밤
사는 게 어색하지 않은 적 없다고 생각하니
늘 어설프게 살아왔던 듯싶다
시절에 취한 동지들이여
우리의 모국어는 침묵
살아 있는 잿빛
이생을 지나고도 갈 지옥이 남았을까

평범과의 익숙한 동거를 뭐라고 부를까
다른 역법의 나라에 가면

잠든 눈송이에 입김을 불어넣어주려 하기로

납으로 황금을 빚으려던 연금술사들은 납중독으로 죽어
갔다
낱말의 화학으로 아름다운 사전을 실험하던 친구들은 어
디로 갔을까

매 순간 사산(死産)되는 시간들 날아와 깃드는
백지의 다락방에
빈 오선지가 그려진 엽서가 도착했다

바람은 제 속에 세상 모든 음을 품고,
한 송이 들꽃이 지평선을 통째로 떠받치네.
내 아름다움은 주어를 잃어버렸고,
보통의 돌을 흉내내기 위해
나는 광물의 잠 속에 들려 하네.

적요(寂寥)의 어깨너머로 눈송이의 음률을 지휘하던 겨
울나무가
잠든 누이의 방안을 훔쳐보듯 내가 떠난 다락방 창가를
기웃거리고

친구여, 왜 모든 시에선 암매장의 냄새가 나는가

낮

열차는 타인들의 고장을 지나는 참이다. 누구의 발뒤꿈치
도 빌리지 않은 그림자가 맞은편에 와 앉는다. 막 수감 생
활을 마치고 나온 이가 그렇듯 손차양을 하고, 오래 차창
밖을 내다본다. 창졸간 스쳐가는 풍경들이 시선을 거부하
는 몸짓으로, 열차의 진동에 맞춰 어깨를 턴다. 한결 어두
워진 그가 어둠의 핵심 같은 입을 연다. 떠나오면서 새알 하
나를 가져왔습니다, 이 새가 누려야 했던 계절을, 하늘과 땅
과 그 사이를, 그의 고향을, 통째 가로채 온 겁니다, 새의 기
억은 물론 새에 대한 기억까지, 또 그 하얗고 동그란 울음
을…… 그때 굳은 관절을 뻐거덕거리며 열차가 터널로 스
며든다. 낯설어진

빛 속에는, 문밖의 세계에서 건너온 검표원과 빈자리에
덩그러니 놓여 있는 새알뿐. 추문처럼 어쩌할 바 없이 따라
붙는 이미지가 있지요, 새알을 햇살에 비춰보는 검표원의
제복이 낯설지 않다. 그는 유리의 세계에 커튼을 치며 다른
칸으로 옮아간다. 문빗장 뒤에선 기관사가 알 수 없는 버튼
을 누르고. 태양이 지평선에 목매다는 고장에서, 햇볕의 장
막을 헤치며 그림자들이 일어선다. 열차에 오른 그들은 저
마다 거대한 구강(口腔)이다. 잠을 흔들어 깨우는 이야기는
멈추지 않는다.

우주 혁명 전선

처음엔 둘이었다
봄과 바람이 어깨동무하고 나아가자
이름 잊힌 풀과 꽃이 초록 노랑 분홍 피켓을 들고
뒤따랐다 개구리와 종다리가 구호를 외치고
급진파 뱀과 곰은 조용히 독과 발톱을 갈며
무장투쟁을 준비했다

한 소년들은 들판에 숲속에 강가에 누워
제 손가락보다 긴 담배에 거푸 불을 댕겼다
나는 왜 맨발인가
매일 밤 맨발들은 어느 어둠에 발 담그는가
바람과 봄이 담배 연기와 함께
풀쩍
한 소년들을 들어올렸다

황사주의보 아래 경계근무중인 군인의 총구에
특공대 나비가 내려앉는다
행군중인 군장 위로 특수부대 잠자리가 낙하한다
이건 문학적 수사가 아니다
전쟁은 늘 현재진행형
'세상의 모든 군인이 일시에 무기를 내려놓는다면'
평화를 위협하는 건 순진한 상상이 아니라
상상하지 않는 순진함

가난한 집에서 시작한 행진은
우주를 횡단하여 다시 가난한 집에서 끝났다
봄 바람 풀 꽃 개구리 종다리 뱀 곰 한 소년들 군인 들이
촛불 한 자루뿐인
가난한 상에 둘러앉았다
나눌 것이 풍족했다, 가난했기 때문에

라디오 해적방송에서는 여름 가을 겨울이 다른 우주에서
혁명 준비중이라는 소식을 발신했다
처음엔 혼자였다
혁명은 일인칭 단수
저 동굴에 처음 그림을 그린 이는 횃불을 든 한 마리 짐승

한 자루 촛불이면 족했다
우리 안을 밝히는 데는

네 쪽짜리 새들의 사전

1p

네온사인 아래로 몰려간 새들이
무채색 피아노 줄을 풀고
특별했던 구름의 문양과 성운의 빛깔에 대해
재잘거린다 더러는 날갯죽지에 부리를 묻고

기억들이 머무는 곳은 몇 광년 밖을 흐르는 별빛 속이어서
얇아진 날개 안에서도 총총
잊었던 어휘가 되살아나는 밤이었다

2p

이를테면 낭만이라는 말
농밀한 안개를 뚫고 새벽의 손등을 건너온 연인의 깃을 이
마로 쓸어주는 일
한 번의 떨림으로 방구석에서의 시간을 둥글게 털어내
는 기타
은백양 가지에 앉아 계절풍을 기다리는 담배 연기

말하자면 노래라는 발음
날개를 돛처럼 펴고 섬의 절벽 위를 선회하며
종일 빈 눈동자로 응시하는 아청빛 파도
모래바람의 등을 타고 별자리들의 국경을 넘는
기후조(氣候鳥)들의 질긴 울음

3p

창틈으로 틈입한 길거리 바람의 가느다란 손가락으론
넘길 수 없는 페이지들

색인도 새 이름도 더는
적어넣을 자리가 없는 날개들의 사전

4p

한 시인은 너의 반은 꽃이다, 라고 했지만
너희의 반은 곧이다
곧 젖은 부리를 날갯죽지에서 꺼내야 하는
곧 정든 둥지를 떠나 몸속 유전자로 각인된 화살표를 따
라야 하는
긴 울음을 유성의 꼬리처럼 흘려야 하는, 곧

피아노 줄을 다시 동여매고 바람의 향배를 감지해야 하는

알지 못하는 곳으로부터 불어온 바람이 오래 기른 머릴 흐트러뜨리고 갔다

혼자 남아…… 지나온 시간 어디에다 비유해도 좋을
친구들이 남기고 간 술을, 홀짝이고 있을 때
약속이나 했다는 듯이 누군가 앞자리에 털썩 주저앉으며

"살아보라고, 살아보라고…… 그래서 살아보려고, 살아
보려고…… 형씨에겐 살아서 봐야 할 게 있습니까?"

우리는 신(神)이 이 세상에 흘려 쓴 낙서라는 걸, 서로 한
눈에 알아보았고
떠나간 사람들보다 많은 술병을 탁자 위에 새로운 건축양
식으로 쌓는 동안 길었던 그의 얘기를
지루해할 독자들을 위해 요약하자면

라이터…… 좀 빌립시다……

그는 담배에 불을 댕기려다 공술로 목을 축이려다 말고
살을 바르면 어김없이 도사리고 있는 생선 가시처럼 뻔하
고 불편한 얘기를, 오늘이 종말이라는 듯이……

"소를 숭배하는 종교에서는 세상을 신들의 장난, 우주적
인 연극이라고…… 소만도 못한 인생 아닙니까?"

그는 최후의 가산(家産)이라도 되는 양 소중히 라이터 불

을 손바닥으로 감싸고
  휘파람을 불듯 담배 연기를 후후— 소각로처럼 피워올리며
  변명처럼 자꾸 흘러내리는 긴 머릴 쓸어올리며

  "그래서 생각했죠…… 그저 머릿속의 피리 소리에 맞춰
춤을 추자…… 그러면 모든 게 잘될 것이다……"

  원래부터 그렇게 결정되어 있었다는 듯이
  그는 낡은 셔츠 주머니에 라이터를 챙겼지만
  내게도 불이 필요했으므로, 나는 한때 내 것이었던 것을

  라이터…… 좀 빌립시다……

  누군가 멱살을 흔드는 것처럼 나부끼는 불꽃을 보다가
  다시 홀로 남아…… 지나갈 시간 어디에다 빗대도 좋을
  빈 라이터를,

  탁, 탁, 탁,

  죽은 가지에서도 꽃은 피듯이
  모든 게 라이터 때문이라는 듯이

  라이터…… 좀 빌립시다……

습작 시절

한번 말해볼까, 손가락 끝에서 술잔이 자라던 그때
양가죽 물통에 내생의 술 가득 채우고
수상한 잎들 수런대는 눈보라 숲 지났었지
안녕, 지평선을 모자처럼 쓴 사람아 달빛이 솟는 우물아
괴상쩍은 생물을 보았노라, 그는 직립의 인간이었다
눈썹 위의 눈송이를 털며 듣는 흔쾌한 추문들
목마름도 굶주림도 추상의 기다란 망토 두르고 있던
손톱 밖의 시간, 영원의 모래시계, 안녕,
턱수염을 씻어주고 겨울 바다로 날아가는 흰 모래들아
들판에 버려진 낡은 목관악기로 드나드는 취한 바람아
우린 빈 유리잔에 떨어지는 얼음 같은 쨍한 표정이었는데

인제 그만해, 미쳤어?
회식에서 돌아온 애인이 갓 난 초식동물처럼 비틀거리네
달칵, 낙서하는 맘으로 불을 끄면
실천적 가난을 앓는 어둠이 손톱 밑으로 파고들어
까만 누더기를 덮고 잠들며,
(안녕)

복무 일기

　철원에서는 올해 첫 얼음이 열렸다는 소식이다 새벽 내내
끄물거리던 하늘은 멍든 입술을 다물었지만 내 속에서는 더
운 김이 마술사 입안의 리본같이 새어나왔다 입김들이 는개
같이 들어 자분자분 새벽을 접어 쓴 편지를 적실 때 내 안
의 철책 위로도 가는 비 내렸다 물기로 축축한 글자들의 무
게만큼 올겨울이 길듯 싶었다 늦가을이 독감을 앓고 물러난
자리마다 아직 아프지 못한 너의 이름 눈사람의 머리와 몸
통처럼 아슬하게 나는 바깥에 닿아 있었고 몇 번인가 시간
의 별명을 귓결로 들으며 나도 모르게 젊고 병들었다 그즈
음 나는 풍문처럼 철원에 있었다 만년설처럼 엎드려서 입이
없었다 생면부지의 눈꽃이 자주 이는,

퍼펙트게임

구 회 말, 투 아웃, 투 스트라이크, 쓰리 볼
1루 삶의 기도, 2루 생의 강박, 3루 광적인 희망
주자 만루

수만 개의 시선이 이쪽으로 흔들린다
철모와 방망이로 무장한 필연들이 더그아웃에서 떨고 있다
펜스는 멀고, 나는 조명에 눈이 멀 것만 같다

원 아웃

고백했다 죽기 아니면 까무러치기로 스윙을 하듯이
너는 내 가슴의 인코스로 취약 코스로
꽉 찬 직구처럼 날아들었다 딱,
방망이가 부러지고
높이 치솟은 너는 태양마저 가리는 개기일식
영영 지워지지 않을 심장의 흑점
황금사자처럼 거칠 것 없었던 내 왕년의 역전 만루 홈런
네 개의 정류장마다 아름다운 환성이 만원이던 그때

투 아웃

베갯속으로 슬라이딩하는 추억을 악몽이 태그한다
플래카드로 출렁이는 빛바랜 스크랩 기사들

운명은 견제 동작에 자주 흠칫거린다
누구나 한 번쯤 부상처럼 찾아오는 이별이 있다고
살기 위해 삶의 주전 자리를 포기해야 할 순간이 온다고
말하는 선배의 두 손엔 집게와 가위가 들려 있었다
결승선이라 믿었던 홈 플레이트도 스쳐지나는 플랫폼이
었을 뿐
쉬지 않는 응원가에 나는 귀가 멀 것만 같다

쓰리 아웃

어디로 갔을까,
가슴이 아니라 응원을 봐달라던 치어리더들은
빈 마운드에서 단단해진 한 생을 전력투구하던 2군은
아무도 줍지 않은 파울볼만 굴러다니는 텅 빈 구장에서
배트를 휘두른다, 죽기 살기로
실밥 터진 허공이 윙윙 우는소리를 낸다
부러 데드볼을 맞아야만 밟을 수 있는 다이아몬드 너머
장외, 장외로, 날아가는 허공

어둠 저쪽으로 멀리멀리 뻗어가는 궁근 시간을 쫓느라
숨이 멎을 것만 같다, 너와 나의 팀은

속항해일지

활공하는 섬이여, 바다를 떠도는 무덤이여

새빨간 달이 산보 가듯 천천히 흘러내렸다 그는 갈무리광에서 최후의 럼주를 꺼내왔다 육지를 향한 건배 그리고 마지막 노래 *뭍에 두고 온 사랑아 해적의 삶은 자신만을 위한 것* 그는 느리게 연주를 마치고 빈 술병을 닫았다 혼음의 날이 계속되는 이 배에선 더는 잠들 수 없다 그는 갑판에 누워 무풍지대를 스치는 어지러운 별자리를 바라본다 이 배의 유일한 악사인 그의 만돌린이 빈 내장을 검푸른 정적으로 채우며 가라앉는다

비밀은 무덤에 있으니 그것을 알려면 바닷속으로 가라

그날 아침 그는 갑판 끄트머리에 섰다 바닷바람에 콧수염이 그믐달같이 휘어버린 외팔이 선장의 칼끝이 그의 목을 겨누었다 선상 반란이거나 물고기밥이거나, 중인환시의 파도가 다가올 비극의 초연이 재밌다는 듯 몸을 뒤치며 하얗게 웃었다 선장의 빈 소맷자락이 백기처럼 펄럭였고 돛대의 새들이 짤막한 울음을 남긴 채 구름 속으로 사라졌다 유독 환했던 태양 그리고 바닷사람 같지 않던 그의 흰 목

우리가 더이상 닻을 올리지 않을 마지막 항구는 어디에 있는가

만돌린 소리가 들려오는 밤이면 모두 갑판으로 나와 설탕 가루처럼 쏟아지는 별빛에 몸을 씻었다 조타수의 손에서 물갈퀴가 사라지고 새 혀가 돋은 요리장은 게걸스레 바닷물을 퍼마셨다 눈먼 항해사가 망원경을 길게 뽑고 뭍, 뭍, 뭍, 흐느끼는 소리 선장은 빈 굴 같은 선실에 숨어 밤 내 환지통을 앓았다 운명과 근친이며 그들만큼 저주와 어울리는 이들은 없다

배는 뜨지 않는다, 영혼의 가장 낮은 곳이 젖지 않으면

선장의 눈동자가 보석같이 단단해진 밤, 너울은 남은 자들의 기도 소리를 삼키며 날뛰었다 뭍에 두고 온 *사랑아 세상의 보물은 네 가슴에 묻혀 있었구나* 빈 술병 속에서 이명처럼 그의 노랫소리가 흘러나왔던가 파도의 정점에서 거대한 물고기 한 마리가 치솟아 별을 삼키고 수평선 쪽으로 사라졌다 물고기가 사라진 자리로 어둠보다 어두운 검은 점이 돋아났다 누군가 소리쳤다 *육지다!* 라고

믿음이 실제를 내쫓고 환상이 기억을 내쫓게 하라

빈 배의 항해일지를 넘기는 건 바람의 일이고 지우는 건 바다의 일이다 산 자들은 강물에 몸을 눕혔다 뼛속까지 밴

— 소금기를 지우려 씻고 또 씻었다 생선뼈같이 앙상한 돛을
불태우고 빈 술병에 흙을 담아 바다로 흘려보냈다 다신 바
다를 밟지 않으리라, 듣기론 만돌린을 탄 사내가 길 잃은 배
들을 노랫소리로 이끈다는 소문이 뱃사람들 사이를 떠돈다
고 했다

　해변에 떠밀려온 사람만 한 물고기의 배를 가르자 흙이 담
긴 술병과 반지가 나왔다, 라는 얘기를
　오래전 한 늙은 선원에게 들은 적 있다

기항

낮선 계절을 항해하던 넋이 빈방에 닻을 내린다
마음이라는 이생의 풍토병을 앓으며
몇 번이고 난파하며, 너라는 이름의 태풍들을 헤쳐왔다
삶, 그것은 기껏해야 찻잔 속의 태풍

해적 깃발을 지느러미처럼 펄럭이며
배는 다시
폭풍우 속으로 나아간다, 뱃사람의 노래와 함께

생명보험회사는 무엇 때문에
불멸의 인간에게 사망보험금을 지급하는 것인가

* 마지막 연은 허먼 멜빌의 『모비 딕』에서.

5부
잠잠

꿈에 바울을 만나고 그들을 얘기하려 했으나

우리가 밤새워 불렀던 노래들이 처마 밑에 매달려 순한 잠에 드는 것을 본다 나는 하루치의 방랑만큼 더 자란 수염을 쓰다듬으며 수면(睡眠)에 닻을 내리기 위해 모기떼처럼 달려드는 상념을 쫓고 있다

짚자리에 불룩한 배를 깔고 누웠을 고향 나귀의 꿈을 대신 꾼 게 언제였던가 풀을 뜯던 가축들이 석양녘이면 제 발로 집을 찾아드는 곳으로부터 우리는 얼마나 멀리 온 걸까

비가 내리고 있다, 집요하게

: 여기까지 쓰고 나는 참괴하다 가미카제처럼 들창으로 투신하는 장대비가 시간을 침몰시킨다

자백하건대

나는 인도를 모른다 방랑은커녕 바랑 한번 져본 일 없이 상상만으로 쓰는 시의 참담

하모니움, 엑따라, 둑기, 아논도 로호리, 도따라, 꼬로딸 같은 낯선 악기들의 이름을 적는 데는 한 점 광기도 필요 없지

나는 다만 내 영혼이 다른 이름으로 번역되길 원할 뿐이다, 이 종이 위에서만이라도

모든 이름들, 다 같은 이름이네. 단 한 사람, 가슴속에 숨쉬는 그 사람의 이름이네. 오, 나의 형제들이여, 우리가 어떻게 싸울 수 있겠나? 그는 어디에나 있는 것을. 이름 없는

그, 모든 것의 이름인 그. 그는 어디서나 같은 이름이네. 우
리 노래하러 태어난 노래새인 까닭에 땅 위를 걷는 법 알지
못하지. 하지만 날개 펴고 창공에 뜨면, 유유히 높이 솟아
하늘을 날지……

영혼이 다 닳아 없어질 때까지 노래하고 비창으로 입술
을 축이며 춤추리라 취한 춤사위로 사뿐사뿐 생사를 지르
밟으리라

노래와 춤이야말로 가장 경건한 기도

나는 길 위에서 죽어 길로 다시 태어나리라 악기의 줄이
느슨해지지 않는 것과 발에 꼭 맞는 신발만이 유일한 바람

나마스테, 눈을 감을 적마다 마주하는 얼굴이여 이별과
이별을 잇는 방랑이여 언제 어디서나 함께하는 하나의 눈
동자여

: 나는 신(神)에 취한 미치광이들 헛된 꿈을 좇는 거렁뱅
이들에 관해 쓰고 싶었다 황홀한 광기의 절정이 바로 신이
며 그 광기의 소실점 또한 신이라고 믿는 이들

벙어리들은 평생 바람을 입속에 머금고만 살다가 다음 생
엔 떠도는 바람이 된다는데

그 바람을 사로잡은 자 바람으로 떠도는 자들

죽음과 노래를 맞바꾸는 바람들

―　　호리볼

　창밖으로 젖은 나뭇잎이 떨어지고 있다, 공기를 밀어내
듯이 천천히
　지구라는 무지막지한 장지(葬地) 위로, 난 자리에서 죽는
식물들의 꿈이 떨어진다
　자기 죽음에 예배드린다

　끝내 나는 이해하지 못할 것이다, 아무리 입을 다물고 있
어도
　바람이 불어오는 이유, 그 수취인 불명의

　* 바울(Baul): 어느 카스트에도 속하지 않는 인도의 수행자 무리.
'바람'을 의미하는 바울이란 말의 유래는 'Batula(산스크리트어
Vatula)'로, 이는 '바람에 사로잡힌 자'란 뜻이다. 이들은 노래를 통
해 신과 하나가 될 수 있다고 믿으며, 평생 노래를 부르며 유랑한다.
　** 나마스테: 인도의 인사말로서 합장한 채 천천히 허리를 굽히고
고개를 숙이며 읊조린다. "당신 안의 신께 경배드립니다."
　*** 호리볼(Horibol): "스승의 이름을 찬양하라." 이는 삼라만상
모든 것에 깃든 혼을 축복하는 말이기도 하다.

―

휘파람

너의 창가 아래 가만 눈 감으면

안으로 출렁이는

총천연색 소리의 물결

천사와 악수하려는 따뜻한 숨결

눈먼 입술에서 흘러나와

저마다의 무게로 내려앉는

물새 알 같은

그 저녁 창가의 예감들

그 눈부신 순간의 폐곡선

번지는 알몸의 노을

나는 다시 발명되어야 한다

무무는 천장에 야광별을 붙인다, 용수철이 날아간 침대에
올라서서. 불을 끄기도 전에 먼저 와서 기다리는 별빛. 칠흑
같은 밤을 빗질하는 낮은 휘파람 소리. 범선의 갑판처럼 흔
들리는 침대. 이 야밤은 무무에게 꼭 맞는 슬픔.

무무는 인연을 이마에 붙였다 뗐다 한다, 쏟아지는 야광
아래 누워. 인연은 세상이 우연으로 점철돼 있다고 믿기엔
너무 쓸쓸하다는, 어린 왕자의 의뢰로 만든 반짝이 스티커.
발명이란 읽히기 위한 게 아니라 보여주기 위한 것, 이란 게
무무의 지론.

색깔 눈물. 말더듬이 치료제. 심장 전용 벙어리장갑.

망쳐버린 발명품들을 되새기며 찰칵대는 무무의 외눈. 실
용화 단계까지 갔던 천국은 끝장났다, 양들이 투신자살하
면서. 지구를 그리워한 유성이 끝끝내 한숨 열기로라도 땅
에 닿는 일. 중력은 무무가 질시하는 유일한 타인의 발명.

당신이 없는 천국은 당신들의 천국.
무무는 천국의 양이라고 적었던 노트에 빨간 줄을 긋고,
양들의 천국이라고 눌러쓴다.

살아남은 양떼가 꿈을 뜯는 밤. 되돌아온 편지들을 쓰다

듬는 무무의 애꾸눈에서 흐르는 두 줄기 눈물이 굴곡진 인
간의 필치를 닮았다―색깔 눈물이었다면 편지지를 버렸을
터―실패의 퇴비 더미를 적신다.

폴 고갱, 〈우리는 어디서 왔는가, 우리는 무엇인가, 우리는 어디로 가는가〉

식어가는 야광별.

빈방을 채우는, 발명이란 무무에게 맞춤한 고독이었다.
발명품 목록 끝에 제 이름을 휘갈기는 무무. 발음하기도 전
에 벌써 와서 기다리는 세계 속으로, 무무는 제 이름을 접은
종이배를 띄운다. 천국에서 잃어버린 한쪽 눈이 야광별처럼
빛나며 길잡이 한다.

양털 안엔 이미 그것을 입을 이의 온기가 숨쉬고
뭉게구름 같은 양떼는
서로의 억센 털을 벨크로처럼 달라붙인다.

몰락의 발명

실명(失名)

무무[1]는 발명일지를 담배같이 말아 불을 댕긴다. 연기는 안개와 섞여 불한당처럼 사위를 에워싼다. 는개 듣는 바깥은 끝 간 데 없는 불투명의 장막. 무성한 안개의 숲으로 조곤조곤 들이친 물방울들이 사물들을 무뜯는다. 느낀다,

무무는 영혼의 홈으로 울분[2]이 차오르는 걸. 전염병처럼 번지는 단풍같이.

실명(實名)

무무는 전격적으로 안개를 나무라 부르고 인력을 태양이라 부르기로 한다. 깜빡이는 무무의 외눈이 필름을 편집하듯, 풍광을 집어삼키는 안개의 이미지를 토막 낸다.

> 자진하고 싶었던 나무들은 오히려
> 미친 듯이 물기를 머금고 생장하여
> 마침내 태양에 의해
> 머리끝부터 타오르기 시작했다
> —실명된 무무의「발명일지」일부

고양이 목에 방울 달듯 바람에 매어 보낸 발명일지에서 최초의 천체가 운행한다. 한 방울 정액 속 무수한 정충들처럼 한줌 밤하늘에 흩뿌려진 별들의 계보가 다시 쓰인다. 뿌리를 지하에 두고 난반사하는 빛의 잎사귀를 맺는 안개들. 매
일 재연되는 비극 속에서 신생의 가면을 부여받는 윤곽들.

실명(失明)

무무는 창문을 직설적으로 열어젖힌다. 안개 입자들이 화산재같이 지하방으로 흘러든다. 고생식물처럼 뿌리내리고 있는 사물들의 털끝, 백반증과 근친상간의 유전병을 앓는 활자들이 구제된 해충같이 툭툭 공중으로 떨어진다. 무무,

과녁을 화살에 꽂은 첫번째 인간. 사물들의 무릎을 타고 흘러내리는 이슬을 맛보는, 직립의 혀.

실명(失命)

먹구름이 낀다, 무무의 외눈에. 극(極)이라 믿을 때마다 어디나 당신의 발자국이 먼저 와 있다. 사물들은 제 자신을 발명한다. 무무는 이마 하나로 허공을 들어올리려던 물새[3]. 늪이 어린 영양(羚羊)을 삼키듯 안개가 무무의 껍질을 잠식한다. 죽은 이름들이 안개의 입자로 떠도는 경계에

무무라는 이름의 는개가 온종일 체인스토크스호흡[4]처럼 내린다,

1) 무무(無無, $A \sim \Omega$): 발명왕.
2) 오, 세상의 그 무수한 창(窓)들에 유다른 궤적들을 남기고 파열하는, 저 빗방울들을 싸잡아 '비'라고 부를 수 있는가!
3) 유하, 「세상의 모든 저녁 1」에서 변용.
4) 체인스토크스호흡(Cheyne-Stokes 呼吸): 무호흡과 깊고 빠른 호흡이 교대로 나타나는 이상 호흡. 주로 임종시 볼 수 있다.

너를 기다리는 동안 새의 이마에 앉았다 간 것의 이름은

전생이 잠시 놀다 가는 것을 본다

구름을 가리킨 손가락이 먹빛으로 물들고 있다

지나간 내일의 도도새가 날았고

어제의 비나 눈이 내렸다, 너의 귓불 같은

여기 온 적 있는 저녁을 기억하는

날개들이 바람의 발목으로 자란다

멸종한 새의 울음을 휘파람으로 불러보는 일

소문 없이 첨예해지는 우리의 약속

멀리 바람의 발목을 어루만지던 작은 언덕이

둥글게 접었던 몸을 활엽처럼 편다

나는 벌써 오래전부터 붉게 어두워지는 정점

오늘은 는개 흩날리고, 너의 솜털 같은

널 만나지 않고도 날아오르는 것들에게 경례한다

기다림이 늦도록 앓는 지병이 됐을 때

새의 이마를 털어주며

내륙 일기

—비형(鼻荊)에게

　평생 수직 낙하하는 새를 본 일 없다 날개를 가진 것들은
어디 죽음의 거처를 예비하는지 이계(異界)와 복사꽃 명명
백백한 이곳 사이 젖은 나뭇가지를 물고 가는 새의 사념 뒤
로 출생만을 간직한 반인반귀(半人半鬼)의 후일담이 흐른
다 마음속 낮도깨비들 설쳐 죽은 듯 사는 귀신의 삶 앞으로
오래전 폐기된 낯익은 출생이 배달되는 것이다 한 번의 날
숨 뒤에 한 발짝 정직한 죽음이 내원하듯이

　모선(母船)으로부터 점점 멀어져가는 우주인이 헬멧 강
화유리에 비친 자기 눈동자와 그 속에서 번지는 지구를 바
라본다 유리 너머엔 무한히 어두운 기이(奇異)의 바다 대가
끊겼던 신성(神性)이 그를 안테나 삼아 내륙을 포착한다 고
사(枯死)한 별들이 개미지옥인 양 그의 내륙으로 빨려들어
간다 빈집에 갇힌 눈먼 바람 억겁을 부유하는 다리가 된 우
주인의 알파와 오메가를 상상할 때 까마득한 혈거(穴居)로
부터 몇 광년을 걸어 빛은 예 이르렀는지

　이번 생은 정말 버린 것 같아 산목숨이란 그저 시간에 대
한 모래알 같은 각주여서 두 손가락을 토끼 귀처럼 까닥여
따옴표를 찍을 비애가 없지 꿈결에도 경계를 달리는 토끼
의 절체절명의 청각이 아니어도 내륙과 황천 사이 지붕 없
는 집을 짓는 새를 들으면 자명한 이생의 비문 나를 비켜서
만 흘러가는 먼 내륙과 내륙 사이엔 기이라 독백하는 잠든

바다 나는 시간의 몽돌 발길질이 아니면 어디든 갈 수 없는
만 년 전의 생기(生氣) 내륙에 불을 지피기 위해선 얼마나
많은 어둠을 눌러 삼켜 까맣게 출렁여야 하는지

　듣기론 어느 내륙의 돌들은 속에 몇 줄기 금을 품고 있어
기이의 지류가 그 속을 스미면 잊힌 별들의 일대기를 속삭
인다는데 일찍이 나의 내륙에서 멸족한 부족과 상고(上古)
적 피를 나눈 귀인(鬼人)이 있어 하룻밤 새 그곳으로 가는
다리를 놓을 것인지 오늘은 화석이 된 새의 궤적이 발견되
고 살아서 귀신인 자들의 비감(悲感)이 날개를 무겁게 한다
내륙과 내륙을 스스로 다리가 되어 건너는 새는 부지하세
월(不知何歲月), 어제는 내려앉는 새를 따라 내륙들이 젖고
있다 내일은 부리 잃은 새가 귀신의 문자로 쓰인 다리를 물
고 내륙 쪽으로 수직 낙하한다

* 비형(鼻荊)은 신라 진지왕(眞智王)의 귀신이 미인 도화녀(桃花
女)와 사통하여 낳은 자식이다. 『삼국유사』 「기이편」에 비형이 귀
신들을 시켜 하룻밤 새 큰 다리를 놓았으므로 그 다리를 일러 귀교
(鬼橋)라 하였다는 얘기가 전한다. 『삼국유사』는 비형의 출생과 그
후 얼마간의 행적만을 언급한다.

오래된 취미

기지개를 켠다
창밖 길 건너 장례식장은 불이 꺼졌다
몸이 추처럼 무거운 건 아무래도 익숙해지지 않는 울음
소리가
젖은 신문지처럼 꿈에 들러붙었기 때문
흙갈이를 해줘야지 생각한 지 서너 해가 되었는데
밤새 화분 위로 낯모르는 색이 피었다
전화를 걸어야지 했는데 주전자 물 끓는 소리에
그만 어제인 듯 잊었다
"한 발은 무덤에 두고 다른 한 발은 춤추면서 아직 이렇
게 걷고 있다네."
검은 나비들이 쏟아져나온다, 미뤄뒀던 책을 펼치자
창을 넘지 못하는 나비들, 그 검은
하품을 할 때, 느른한 음색 속에 등걸잠 같은 생이 다 들
었다

나는 살고 있고, 내가 살아가도록 내버려두었다
삶을 취미로 한 지 오래되었다

* 큰따옴표 부분은 에두아르도 갈레아노의 『시간의 목소리』에서.

들개를 위하여

그것이 앞발보다 신성할 까닭은 없다 어둠의 골조가 단단
히 발기하는 시간 그것에 닿지 못한 혓바닥을 거스러미 인
앞발에 대어본다 모든 걸 안다는 듯 칠 벗겨진 침묵을 껴입
은 백양목들 맞닿을 수 없는 뿌리의 간극들 팽팽하게 부풀
어오르는 왼쪽 가슴에 달무리 진다 강물의 사전 태양의 연
대기 달의 참회록 들에도 없는 그것이 갈비뼈 틈에서 달그
락거린다 외진 주둥이를 앞질러 굴러가는 낙엽을 보면 굶주
림 또한 천직이지만 살얼음 안개 속은 너무 차고
    입을 벌리면 구절양장의 뱃속으로부터 그것이 흘러나온다

수십억 년 바람의 기억이 무진무진 피어오르는 이곳의 먹
잇감들은 모두 안개의 족속인가 날마다 표정을 바꾸는 달의
이면을 향해 삽날 같은 울음을 던지는 일 오랜 방황으로도
채워지지 않는 허기의 소실점에서 그것의 내밀이 출렁인다
황혼 쪽으로 머리 누인 동족의 항문을 핥는 밤의 소야곡 애
꾸눈의 어둠과 월계관을 쓴 불면이 눈꺼풀을 주머니에 넣어
둔 채 히죽거린다 썩은 이파리 위로 고무 튜브처럼 둥글게
몸을 말고 긴 혀를 뽑을 때
    우물을 닮은 시간 속 그것은 들개에게서 가깝고 가장 먼
데 있다

열리지 않는

지도에 없는 지도를 갖고 있다

우연히 우리가
마주앉았던 술집의 테이블
기다림이 길었던 가로등
첫 키스, 새벽의 벤치
핑크빛 머그잔, 식어가는
손수건, 바닥에 홀로 남겨진
공교로운 이런 것들이
이 지도의 이정표이다
여백이 아닌 물질로서 존립하는 세계
다가오는 기억으로서의 미래
이토록 알량한 유념들이 이 지도의 좌표이다

뜨거운 물에 풀어지는 면발같이
미로처럼 얽힌 길 숱한
갈림길도 끝내는 한길이었다
길은 혼자서 통한다
지금 걸어간 나의 길은 완벽한 탈출 마술처럼
예정된 무대에 나타나고
천체의 운행처럼
지나간 길들은 갈 곳의 지도를 내장하고 있었다
빨랫줄에 앉아 펄럭이는 잠자리 날개 같은

운유(雲遊)하는 하나의 마음들은
하릴없는 것

지도에 없는 지도를 가지고
떠도는 내 별자리의 산란(散亂)
소멸 앞에 가장 눈부신 병

열리지 않는
그 열리지 않는

잠잠

닫힌 방안에 어둠이 빗쟁이처럼 들이닥친다. 벽 한쪽엔 등 기댄 채 침묵을 간주하는 기타, 빈 책상엔 공동(空洞) 가득 핀 녹슨 하모니카. 그 받침 없는 소리들에 발가락 담그면, 오 래도록 추방당한 기분. 앉은뱅이의자 마주 당겨 무릎 맞대고 픈 소리 울울하다. 있지 않은 당신보다 이 잠잠(潛潛)을 더 잘 연주할 이 누구일까. 침묵이라는 지병을 앓는 신(神)은 덩그런 한쪽의 귀. 발음되지 못한 마음들이 영원의 달팽이관 을 떠다닌다. 소리 없는 것들은 음악을 졸업하고, 우리의 난 청은 까마득한 새벽이 올 때까지 부유식물처럼 찰랑거리며
점묘법으로 어둠을 수놓는 눈송이들을 하냥 건너보는 것 이었다

노을섬 편지

부풀어오르는 허기를 긁어대며 편지를 씁니다. 노을섬 모래톱여인숙에서의 마지막 서신입니다. 넓은 음역으로 출렁이는 파도의 노래가 정점에 치달을 때, 끄물대는 전등 아래 당신의 주소를 더듬는 동안 발가락까지 물들어버렸습니다. 부디 뒷모습만 기록한 편지를 용서하시길. 진실이 거짓말의 그림자이듯 풍경의 배후에 노을섬이 있는 까닭입니다. 모기의 침처럼 살을 뚫고 내려앉던 그 가렵도록 생생한 빛들과 풀벌레 울음처럼 날 자꾸 저녁의 모퉁이로 불러내던 그 색들만은 온새미로 동봉합니다. 보세요, 봉투를 뜯는 순간 빛과 색이 얼굴 맞대고 흔들리는 경계를. 낮 동안 뒤죽박죽 섞인 색들이 낳는 순백의 어둠을. 안간힘으로 핏빛 날개 부풀리는 구름들을. 붉은 울음들 몸을 풀면 춤추는 수평선에서 불멸을 꿈꾸는 내가 떠오릅니다. 당신의 하얀 눈동자를 만져줄 수 있다면 더욱 밝겠지요. 끝으로 아름다움의 안부를 묻습니다.

당신이 준 색상환을 돌려드립니다.

해설

날씨와 별자리의 방

윤경희(문학평론가)

2012년을 갈무리하면서 『타임Time』지는 당해 최고 발명품 중 하나로 젊은 네덜란드 예술가 베르나우트 스밀데(Berndnaut Smilde)의 〈실내 구름Indoor Clouds〉을 선정했다.[1]

구름은 일정 고도의 상공에서 공기, 물, 냉기의 조화로 생성되는 거대한 자연물이다. 수증기를 머금은 따뜻한 공기덩이는 대류 현상에 따라 상승한 다음, 기압 낮은 상공에서 팽창하면서 점차 열을 상실한다. 공기의 온도가 이슬점까지 떨어지면, 냉각된 수증기는 서로 응집하여 조금 더 큰 입자를 형성한다. 이 미세한 물방울과 얼음 알갱이들의 커다란 집합체가 구름이다. 구름은 주변 기온이 높아지면 다시 희박한 수증기로 해체되어 소멸하거나, 더이상 중력을 견디지 못할 정도로 포화되면 빗방울이나 눈송이로 지상에 낙하한다. 이처럼 구름의 생성과 소멸은 자연의 작용이다. 그것은 인간의 능력을 초월한다. 그리하여 보들레르는 구름을 "조물주가 수증기로 만드는 움직이는 건축물"[2]에 비유한다. 인간은 "저쪽으로…… 저쪽으로……"[3] 사라지는 그것을 관조

---

1) http://techland.time.com/2012/11/01/best-inventions-of-the-year-2012/

2) Charles Baudelaire, "La Soupe et les nuages," Œuvres complètes I, Paris, Gallimard, 1975, p. 350.

3) Charles Baudelaire, "L'Étranger," Œuvres complètes I, Paris, Gallimard, 1975, p. 277.

할 수 있을 뿐. 만질 수 없다. 지상과 인간의 언어에 음영을 점묘하는 그것을 사랑할 수 있을 뿐. 만들 수 없다.

그럼에도 불구하고. 만질 수 있다면. 만들 수 있다면. 스밀데의 설치 예술은 체념보다 강한 원초적 동경을 실현한다. 인류의 오래된 소망을 충족시킨 비법은 의외로 간단하다. 미술관, 교회, 창고 등 건물 내부를 완전히 비우고, 온도를 낮추고, 공중에 물을 분무하여 습도를 한껏 높인다. 실내가 충분히 싸늘하고 축축해졌을 때, 미리 설치한 기기에서 가스를 조금 뿜어내면, 공기 중 포화된 수증기 입자들이 그것에 달라붙는다. 하얗고 가볍게 응결한 물 연기 한 조각은 공중을 부유하며, 움직이고, 흩날리다가, 스러진다. 구름이 그렇듯.

실내 구름의 수명은 자연 구름과 비교할 수 없이 짧다. 십여 초에 불과. 심장이 에일 정도다. 그러나 스밀데의 설명에 따르면 이 덧없는 구름은 물적 실체보다는 그것의 생성과 소멸을 목격한 소수 관객의 집단 기억으로 남게 된다는 사실이 더 중요하다. 구름은 사라지고, 공간은 다시 텅 비어도, 한 장소에서 한순간이나마 기억을 공유한 미지인들은 이제 어떤 식으로든 관계를 맺고 연결되었다는 것이다.[4] 한 곳에 모였던 그들은 빗방울처럼 헤어질 것이다. 구름이 그렇듯. 그럼에도 불구하고 기억은. 그리고 증언은. 구름 발

---

4) http://www.youtube.com/watch?v=krCICg8CIZc

117

명가의 작업실을 방문하지 않은 대부분의 감상자는 현장을 기록한 사진과 동영상 덕분에 이 특수한 기억 공동체에 참여한다. 우리는 구름을 겪었다. 방안에서, 함께. 창의적 구상과 기술적 진보가 행복하게 결합된 예술가의 작업이 그저 신기한 구경거리를 넘어 시적인 함의를 띠는 까닭은 바로 이 기억의 잔존에 대한 사명 덕분이다. 겪은 것을 기억해야 한다. 우리는. 사라진 것을 떠올려야 한다. 멀리서. 구름이 그렇듯.

구름의 기억, 기억의 구름. 질료와 작업은 메타포로 증발하며 다시 응결한다. 실물의 소멸은 시를 생성한다. 발명품은 드디어 쓰임새를 얻는다. 예술은 비로소 완수의 도정에 오른다.

나는 스밀데의 발명품을 Y를 통해 알게 되었다. 그는 사진 한 장을 보내주며 말했다. 방안에 구름이 있어요. 당신이라면 이런 걸 좋아할 것 같아서요. 물론 나는 단숨에 매혹되었다. 예술가의 취지에 따라, 동일한 시간의 구간을 응시한 Y와 나는 기억 공동체의 구성원이 되었다.

나는 내게 전달된 작은 구름 한 덩이를 이제 이현호에게 띄워 보내고 싶은데, 왜냐하면 그는 이 물과 공기의 섬세한 산물을, 그리고 이 덧없는 물상을 그럼에도 불구하고 영속적으로 남기려는 관념적이고도 기술적인 궁리에 누구보다 깊이 공감할 사람이기 때문이다.

이현호의 첫 시집에서 우리는 무무라는 이름의 고독한 발명가의 방을 엿본다. 발명왕 무무. 발명의 집념은 어디에서 비롯되는 것일까. 발명 문외한의 눈에 아마추어 발명가가 고안해내는 물건들은 현실적으로 상용 가능해 보이지 않는다. 기발함을 넘어 엉뚱한 그것들은 종종 다른 사람은 물론이고 발명인 자신조차 다루기 거추장스럽고, 기능과 효과는 불만족스럽거나 허탈하고, 따라서 산업 생산 과정을 혁신하고 일상을 편리하게 개선하기는커녕 시간과 비용을 더 들이고서도 더 불편하게 만들기 일쑤다. 새 발명품의 공개 발표와 시범 구동은 일종의 희비극적 제스처로 전락하고, 발명품은 기껏해야 잠시 동안 웃음을 유발하는 장난감 취급을 받는다. 발명가도 이런 결말에 둔감하지 않다. 그럼에도 발명의 왕을 꿈꾸는 무명인이 무모한 열정을 포기하지 않는 까닭은 그에게 발명은 과학 지식과 기술을 적용해서 자기와 타인의 생활에 실질적으로 도움이 되는 결과를 산출하는 사회적 행위로서가 아니라, 남모르는 환상을 투사하면서 도착적 쾌락을 실현하려는 불가능한 과정이라는 데 진정한 의의가 있기 때문이다. 만들어낸 물건의 공리적 실용성은 애초부터 문제되지 않는데, 왜냐하면 그것이 쓸모없는 실패작으로 판명되는 한에서 여전히 실현되지 않은 그의 환상은 새로운 대상을 찾아나설 수 있고, 그리하여 그는 아직 존재하지 않는 그것을 다시 발명할 마음의 동력을 얻기 때문이다. 또는, 반복적인 패망과 불능이야말로 그가 초안한 잠재

적 대상의 지고하고 절대적인 완벽성에 대한 부정할 수 없
는 증거가 되기 때문이다. 아무도 쓸 수 없고 즐기기도 어
려운 그것. 만들어내는 사람조차. 세계에 어떤 연유로 존재
해야 하는지 설명할 수 없는 그것. 카프카의 오드라덱처럼.
바로 그것이 발명되어야 하는 것이다. 그러므로 역설적으로
발명의 본질은 목적과 결과에 도달하기 위한 가장 효율적인
방도를 거부하고, 대신, 가능한 한 가장 불편하고 회피적인
난관을 가능한 한 가장 힘겹고 치밀하게 에둘러가는 데 있
기도 하다. 카프카의 굴처럼. 결코 완수에 이르지 않을 난관
의 회로. 발명가에게 필생의 과제는 어쩌면 이것의 발명이
다. 그의 작업은 필연적으로 특정 사물의 제작을 넘어 무위
로 귀결되는 자기 삶의 방식의 해체적 설계로 점진할 것이
다. 시쓰기라 한들 얼마나 다를까.

　　그는 세상에서 가장 아름다운 문장을 쓸 수 있지만 완벽
　　을 위해 그 문장을 남기지 않는다
　　　　　　　　　　　　　　　　　　　　—「봉쇄수도원」 부분

난관의 발명가는 무용하고 헛된 결과에 이르는 데 필요한
전략을 본능적으로 체화하고 있다. 목적 달성에 실패하기
위해서는, 그리고 실패가 오욕 없이 오로지 비감하기 위해
서는, 목적에 이르기까지의 과정이 최대한 지난해야 한다.
도무지 어찌할 수 없어야 한다. 허망한 결과에 좌초하기 위

해서는 그것을 산출하려고 들인 노력과 비용이 최대한 막대 해야 한다. 공상한 목적과 결과에 이르러 마침내 그것을 무 람없이 향유할 수 있게 되기 전에 미리 있는 힘껏 있는 힘 을 다 써버려야 한다. 그럼으로써 철저하게 무력해지고 철 저하게 궁핍해져야 한다. 주어진 삶을 순전히 낭비해야 한 다. 최선을 다해 아무것도 성취하지 않아야 한다. 그럼으로 써 시간을 텅 비워야 한다. 결실로 분절되지 않은 소규모의 생애가 마침내 무한의 이상에 가까워지도록. 시작도 없이, 끝도 없이. 영원히. 시인의 생활이라 한들 얼마나 다를까.

인간의 마음으로

끝내 완성할 수 없는 영원이란 말을

나는 발음해보고 싶었는지 모른다.
— 「시인의 말」 부분

무무는 바로 이런 발명가다. 대부분의 발명가가 그렇겠지 만 무무도 실내 생활자다. 방은 무무의 간소한 발명품 중 하 나다. 낡은 침대를 범선 갑판으로 삼아 지하방 천장에 야광 별자리를 붙임으로써 무무는 빈궁한 현실을 밤하늘과 바다 가 조응하는 광대한 상상 공간으로 변모시킨다. 모험 소설 같은 허구가 투영되는 어두운 방. 재활용 카메라 옵스쿠라

안에서 렌즈 같은 외눈의 무무는 색깔 눈물, 말더듬이 치료제, 심장 전용 벙어리장갑, 천국 등을 발명한다. 정확히 말하자면 이런 것들을 발명하는 데 실패한다. 발명의 실패는 착수하기도 전에 예견할 수 있는데, 밤의 실내 풍경만큼이나 공상적인 무무의 발명품 목록은 딱히 무용하다고 할 수는 없지만 현실적으로 상용화할 수 있는 것도 아니다. 오히려 무무의 발명의 진정한 면모는 미증유의 사물을 제작해서 그것의 물성을 구현하는 게 아니라 불가능한 감상적 사물에 대한 상상을 피워올리는 데 있다고 해야 할 것이다. 이 점에서 발명은 시적 행위의 알레고리에 가까워진다. 무무의 발명이 쓰임새 없는 사물 이미지 만들기에서 언어의 새로운 쓰임새 지정하기로 진화하는 까닭은 이 때문이다.

무무는 전격적으로 안개를 나무라 부르고 인력을 태양이라 부르기로 한다. 깜빡이는 무무의 외눈이 필름을 편집하듯, 풍광을 집어삼키는 안개의 이미지를 토막 낸다.
　　　　　　　　　　　　　　　　　—「몰락의 발명」 부분

무무의 발명 대상은 실물이 아니라 언어다. 그중에서도 지칭의 사회적 규약을 깨뜨리는 은유적 명명이다. 발명가는 시인과 다르지 않다. 발명품이 이름과 은유라는 언어 형식으로 존재하는 이상, 발명품 목록과 그것의 제작 과정이 적힌 일지는 일종의 개인어 사전이자 시집이 된다. 발명가 시

인의 공상 범위가 넓어지고 기존 사물의 은유적 다시 부르
기가 심화할수록 그의 발명일지는 세계 전체를 처음부터 다
시 쓰는 창세기가 될 것이다. 우주의 생성과 인간의 탄생에
관한 파노라마가 그 안에 기입될 것이다.

　　고양이 목에 방울 달듯 바람에 매어 보낸 발명일지에
　서 최초의 천체가 운행한다. 한 방울 정액 속 무수한 정
　충들처럼 한줌 밤하늘에 흩뿌려진 별들의 계보가 다시 쓰
　인다.
　　　　　　　　　　　　　　　　　—「몰락의 발명」 부분

　여기서 언어와 세계를 재발명하는 시의 상상적 능력을 맹
목적으로 확언하며 섣불리 칭송하면 안 된다. 대신, 어떤 사
물에 대해 그것의 실제 명칭을 자의적으로 제거하고 은유
적 의미를 새로 부여하는 일은 기존 세계를 거부하고 잔혹
하게 파괴함으로써만 가능하다는 사실을 먼저 환기해야 한
다. 앞서 시의 생성은 실물의 소멸에 기반한다고 말했듯. 파
손은 발명의 전제 조건이다. 시는 무해하지 않을 수 없다.
새로운 질서의 창세기는 오명의 묵시록 이후에 쓰여지는 것
이다. 그런데 시인의 언어가 아무리 광대한 별들의 세계를
포괄한들 그의 고독한 지하방 안에서만 음송된다면 그것이
발명품으로 제대로 기능한다고 할 수 있을까. 세계를 해체
하고 재편했다고 과시된 은유가 실제로는 외부 세계의 무심

한 운행에 비구름 한 점만큼의 영향도 끼치지 않는다면 그 것은 과연 파괴와 설계의 역할을 제대로 수행한다고 할 수 있을까. 오늘날 문학이 처한 고독과 궁핍을 직시한다면 시 는 애초부터 무력한 실패작이 될 수밖에 없지 않은가. 거의 아무것도 발명하지 않을 뿐더러 전혀 아무것도 파괴하지 못 하는 것 아닌가.

발명왕 무무는 이 문제들에 대해 결코 낙관적이지 않고, 시인 이현호는 이 점에 정직하다. 무무의 발명은 단호한 은 유를 표방하지만, 이현호의 시는 은유를 구심점으로 견고하 게 응결하기보다는 동음이의어들로 편편이 박리되고, 중첩 되는 직유들로 팽창하고, 읊조리는 문장들로 무연히 풀어 지고, 원심적인 각주와 인용 들은 여백까지 적시고 잠식한 다. 명칭의 고유성은 동음이의어와 직유의 훼방을 받고, 결 과적으로 실명(失名)할 수밖에 없고, 은유는 산문과 해설적 주석이 차지한 넓은 표면에 백반증의 흐릿한 얼룩만 남긴 채 점멸한다. 이처럼 은유적 명명을 내파하는 이질적인 수 사법과 문체는 시적 기술에 관한 모종의 규범이 제대로 기 능하지 않고 있다는 사실을 누설하는 비관의 징후이자 증상 이다. 발명은 몰락하고 있다. 시는 안개도 아니고 비도 아 닌 는개처럼 걷잡을 수 없어진다. 는개의 난관. 현저하다.

는개 듣는 바깥은 끝 간 데 없는 불투명의 장막. 무성 한 안개의 숲으로 조곤조곤 들이친 물방울들이 사물들을 무뜯는다.

—「몰락의 발명」 부분

언어의 파괴적 속성은 세계를 변모시키는 데 아무런 힘을 행사하지 못함에 따라 부메랑처럼 언어를 발명한 자, 그리고 그것 자체를 향한다. 그리하여 무무는 마침내 발명품 목록에 자기 이름을 휘갈기고 그것에 불을 붙이는 것이다. 사라지기 위해. 실패를 완수하기 위해. 무명의 고요로 회귀하기 위해. 그동안 조금만 더 읊조리기 위해. 박무를 닮아가는 목소리로.

무무와 그의 발명일지는 실명(失命)하며 연기를 피워올린다. 연기는 열린 창 바깥의 안개와 뒤섞여 무무가 기거하는 작은 공간 주변으로 퍼져나간다. 시인의 재와 시의 연기는 습도 높은 밤공기와 어우러져 결코 심상하지 않은 날씨가 된다. 먹구름과 는개. 실물이 소진하며 메타포가 만들어지고 있다. 무무와 그의 발명은 기체와 입자로 분해되어 가장 가볍고 연약한 물질계의 일부에 편입됨으로써 비로소 세계에 소량의 영향을 끼치기 시작한다. 독거의 도시를 뒤덮고 감수성 예민한 인간의 기분을 동요시키는 것이다. 도무지 걷잡을 수 없이. 무력하고 희박한 것만이 할 수 있는 거의 무해한 작용이 있다. 응집 대신 확산, 중력과 밀도 대신 부력의 모호, 현란한 타격 대신 느리게 침투하는 서정의 기미. 무무가 사라지고 그의 발명이 와해되는 자리에서 이현호의 시가 쓰여지고 있다. 이렇게.

이현호에게 시쓰기는 일기 쓰기와 그다지 멀지 않은 듯 보인다. 편지 형식도 도입하지 않는 것은 아니지만, 시인은 무엇보다 무무의 발명일지 외에 복무 일기, 조난통신, 내륙 일기, 항해일지 등 다양한 기록적 글쓰기의 상상을 선보인다. 일기를 꾸준히 쓰는 사람이니만큼 날씨에 민감한 것은 당연한 일이기도 하다. 이현호의 시는 그러나 일기와 편지에 모두 해당되는 가장 본질적인 요소를 결여하고 있는데, 바로 날짜다.

어제 죽은 비유는 찢어진 달력을 덮고 잠들고
—「거꾸로 선 쉼표가 가리키는 것은」 부분

이현호의 일기 시는 달력 숫자로 인식되는 매일의 규칙적인 시간에 무감하다. 달력은 파손되어 사용할 수 없거나 아예 고대 마야력처럼 해독과 계측의 실효성을 상실했다. 시에는 낮과 밤이 교차하는 지구 자전의 단속적 리듬 대신 계절과 우기처럼 드문드문하거나 광년처럼 지나치게 길어서 비현실적인 시간의 눈금뿐. 게다가 시인은 마치 고대인이나 철새인양 종종 별자리에 대한 본능적 시공간 감각을 엿보인다. 그의 마음은 현대적 일상인의 것과 다른 역법의 세상에서 유랑하고 있다.

기억들이 머무는 곳은 몇 광년 밖을 흐르는 별빛 속이
어서
　얇아진 날개 안에서도 총총
　잊었던 어휘가 되살아나는 밤이었다

　(……)

　모래바람의 등을 타고 별자리들의 국경을 넘는
　기후조(氣候鳥)들의 질긴 울음
　　　　　　　　　　—「네 쪽짜리 새들의 사전」부분

　이현호에게 시간은 하루라는 정확한 분절 단위의 연속이
아니라 시작과 끝의 경계가 불분명한 한 덩이의 크고 느린
영원이다. 시간은 구름과 안개처럼 일정한 형체 없이 희박
하게 부푼다. 시간은 날씨를 닮고, 시 역시 마찬가지다. 이
현호는 지상의 하루를 우주의 영원으로 연장함으로써 일기
를 매일의 기록이 아니라 전생(全生)의 서사로 다시 쓰려
한다. 그의 방에 달력을 새로 마련한다면 아마도 단 하나의
절대적 숫자가 적힌 단 한 장. 시인의 일상과 천공의 운행
이 합일한 그 생애는 하루 종일 우기다. 태풍이 부는가 싶
더니, 먹구름이 몰려오고, 는개가 자욱하다. 다습의 날씨가
시를 선동한다.

전생이 잠시 놀다 가는 것을 본다

구름을 가리킨 손가락이 먹빛으로 물들고 있다

지나간 내일의 도도새가 날았고

어제의 비나 눈이 내렸다
　　　—「너를 기다리는 동안 새의 이마에 앉았다 간 것의
　　　　　　　　　　　　　　　　　　이름은」 부분

　사실 시인의 일기에서 언뜻 무해해 보이는 날짜의 결락에
특별히 마음이 쓰이는 까닭은 그것이 우울의 간과할 수 없
는 징후이기 때문이다. 우울을 겪는 사람은 그 누구도 함부
로 짐작할 수 없는 사랑의 대상을 상실한 뒤, 그것에게 주었
으나 이제는 붙일 곳 없어진 마음을 자기 안에 퇴거시키고,
"외부 세계에 대한 관심을 폐기"[5]한다. 마음처럼 몸도 바깥
으로 나설 힘을 내기 어려워서, 우울로 고통 받는 사람은 대
개 집안에 고요히 머무르는 시간이 길어진다.

　내 방에는 벤치가 있다

---

5) Sigmund Freud, "Trauer und Melancholie," *Gesammelte Werke X*,
Frankfurt am Main, Fischer, 1999, p. 429.

안에 있는 바깥이고 겉을 둘러싼 속이다
외출하지 않은 지 오래되었다

—「벤치」 부분

실내 생활이 극단적으로 지속될 경우 시간 감각은 퇴화하기 마련이다. 낮의 일과와 밤의 휴식을 구분하는 근면한 일상이 파괴되고, 일, 주, 월, 년으로 재단된 노동과 생산의 주기가 무의미해지고, 시계와 달력이 소용을 잃는다. 날씨가 날짜를 잠식해서, 시간의 흐름은 정밀한 숫자가 아니라 창밖으로 어른거리는 빛과 어둠, 가로등의 점등, 또는 구름 그늘, 빗방울, 눈, 바람 소리 같은 불규칙한 기후 변화로 간신히 감지된다. 시인의 방 천장에서 항시 반짝이는 별자리 스티커는 낮과 밤의 혼란을 가중시킬 뿐. 우울, 칩거, 불연속적 시간은 이처럼 불가분의 트라이앵글이다.

시인이 앓음과 아픔을 자주 호소하는 까닭은 습기 찬 날씨의 독감 탓이기도 하지만 연인과의 헤어짐이나 친구의 죽음처럼 사랑하는 타인을 상실한 마음의 병이 더 깊어서다. 어쩌면 그보다 더한 원초적 미지의 결손을 겪었기에, 조심스럽게 말하자면, 이 실내 생활자는 연인과 한방에 사는 나날들에도 마음이 그다지 나아진 것처럼 보이지 않는지도 모른다. 날짜 없는 세계에서 사건은 새로 발생하더라도 일회적 고유성을 얻지 못하고, 사랑은 다시 찾아오더라도 누구든 너로 통칭될 것이다. 는개 속에서 모든 사물이 윤곽을 잃듯.

이때 이현호의 시에서 눈여겨보아야 할 것은 우울의 내적
파괴력이 아니라 그것을 되도록 무해하게 조율하는 그만의
독특한 방식이다. 이 유순한 마음의 기상 천문학자는 날씨
와 별의 운행을 제외한 바깥 세계에서 관심을 거둔 대신 자
기의 거처 안에 세계의 모형을 축조한다. 궁핍한 그의 방은
세계 지리와 기후는 물론 밤하늘의 영원을 담은 소우주로
단숨에 팽창한다. 그는 전형적인 "재택 여행자"[6]로서 상상
의 힘으로 이국적 시공간을 오래도록 활보하거나 항해한다.

　　낯선 계절을 항해하던 넋이 빈방에 닻을 내린다
　　마음이라는 이생의 풍토병을 앓으며
　　몇 번이고 난파하며, 너라는 이름의 태풍들을 헤쳐왔다
　　삶, 그것은 기껏해야 찻잔 속의 태풍
　　　　　　　　　　　　　　　　　　　　　　—「기항」 부분

　　나는 인도를 모른다 방랑은커녕 바랑 한번 져본 일 없이
　상상만으로 쓰는 시의 참담
　　하모니움, 엑따라, 둑기, 아논도 로호리, 도따라, 꼬로
　딸 같은 낯선 악기들의 이름을 적는 데는 한 점 광기도 필
　요 없지
　　나는 다만 내 영혼이 다른 이름으로 번역되길 원할 뿐이

6) Pierre Bayard, *Comment parler des lieux où l'on n'a pas été?*, Paris, Min-
uit, 2012, p. 15.

다, 이 종이 위에서만이라도
　　—「꿈에 바울을 만나고 그들을 얘기하려 했으나」부분

　방랑하는 영혼의 궤적이 시다. 이현호의 일기 시는 따라서 재택 여행자의 상상 여행기라 다시 말할 수 있다. 상상 여행의 원천은 시인 자신의 기억과 몽환이기도 하지만, 유하, 이연주, 에밀 시오랑, 카몽이스의 이름에 더해『산해경』『삼국유사』『모비 딕』등 다양한 장르의 텍스트까지 포괄한다. 공상뿐만 아니라 독서 역시 재택 여행의 탁월한 방식이고, 타인의 언어는 탐험해야 할 여행지이자 그곳의 지도첩이다. 시는 여행기를 넘어 결과적으로 독서 일기가 된다. 주석, 인용, 타인의 이름 들이 시의 고독한 방 안팎으로 범람하고, 문장들은 사구와 파도의 주름처럼 연이어 밀려와 상실과 결손의 자리를 달랜다. 영원히는 아닐지라도.
　문장들은 확실히 이현호 시의 현저한 특징이다. 문장이 아니라 기어코 문장들이라 하는 까닭은 시인이 복수를 아름다이 여겨 사랑하므로. 일기와 편지의 형식성이 잔존하는 데다, 카메라 옵스쿠라에 연인의 이미지를 투영하고 그 곁에서 말을 건네듯 읊조리기 때문이기도 하겠지만, 어떤 접속사 없이도 자유롭게 풀려나오는 긴 문장들은 발화자의 의식이 개입되지 않은 채 거의 그것 자체의 내재적 충동에 따라 생성되고 있다고 여겨질 정도다. 문장들이 스스로 말한다.

언뜻 이현호는 문장보다는 발명왕 무무와 마찬가지로 명명 행위에 애착하는 것처럼 보인다. 시쓰기는 사랑하는 사람에게, 또는 죽음으로 낙하한 것들에게 별자리의 이름을 부여해서 천공으로 끌어올리는 일이기도 하기 때문이다. 시인은 이름에 영원과 신성을 불어넣으려 한다. 각각의 존재에 걸맞은 가장 빛나는 별자리 한판을 헤아려내기 위해 재택 여행자는 마음속 가장 어두운 사막과 바다로 나선다.

신경쇠약에 시달린 이름을 몸에 맞지 않는 외투같이 걸치고 나는 이 세계의 계절들을 온통 앓으러 간다 이름은 출생처럼 자의와는 무관하니 친구라는 말 뒤에 접착할 별자리 이름 하나 구하는 중이다
—「왜 이렇게 젖어 있는가」부분

그러나 이현호의 일기가 하루의 기록을 넘어 전 생애의 서사를 목적하듯, 이름도 그러하다. 이름의 일반적 형식이 단 하나의 명사로 집약되는 것과 달리, 이현호의 시에서 어떤 대상에 이름을 부여한다는 것은 그것의 본질을 탐구하여 펼쳐내고 그것에 대한 시인의 서정을 온전히 표현할 구절, 문장, 주석, 나아가 텍스트 한 편을 만들어낸다는 뜻이다. 별자리는 복수의 별들이니만큼, 별자리의 이름은 그것을 구성하는 별 하나 하나씩 손가락으로 이어나가야만 비로소 정확하고, 그렇게 손가락 끝에서 별의 낱말들은 어느덧 문장을

이룰 것이다. 시인의 카메라 옵스쿠라가 별 하나를 순간 포
착하기보다는 그것의 궤적을 밤새 인내하며 뒤쫓는 까닭도
마찬가지다. 이름은 사라지는 존재가 남기는 길고 오랜 흔
적이다. 그것의 성심 어린 추적이 시다.

이름은 명사의 제약에서 벗어나 구절에서 문장으로, 문장
에서 텍스트로 진화할수록 동음이의의 난관을 떨치고 다른
이름과 대체할 수 없는 개체적 고유성을 획득한다. 따라서
각각의 시마다 과거에서 미래로 영원히 지속되는 이름의 음
송을 꿈꾼다. 그러니 사랑하는 너는 단 하나의 음절이 아니
라 차마 완수하지 않은 미래의 책이다.

이 너절한 몇 겁 생의 조각보로 널 오롯이 덮고 싶었으
나 지상의 시간은 허청허청 석양 속으로. 심해어 같은 숱
한 잠상(潛像)들이 활개치는 여기, 다시 네 이름만이 내
전생(轉生)의 마르지 않는 고해이다. 그대여,
새로 쓰는 모든 서정시의 서문은 너다.
　　　　　　　　　　　　　　　—「새로 쓰는 서정시」 부분

이름은 낱말들의 성좌로 폭발적으로 확산한다. 그런데 별
자리는 는개가 걷히고서야 보이는 것. 별자리에 이름을 붙
인다는 것은 부연 성운을 헤집고 멀리 떨어진 개체들 사이
에 이제껏 누구의 눈에도 보이지 않았던 섬세한 관계를 짜
내는 일. 이현호의 시는 물 입자와 운석으로 포화된 지상과

천공의 구름 속에서 생성되어, 그것의 불투명한 무형성을 닮으면서도, 그것에 온몸으로 진입한 사람만 느낄 수 있을 미지의 형성 원리와 문양을 떠내려 한다. 날씨와 별자리의 방에서 조금 더 희박하고 조금 더 모호한 세계를 향해 부유하는 그의 여행은 지속될 것이다.

이현호 1983년 충남 전의에서 태어났다. 2007년 『현대시』
를 통해 등단했다.

문학동네시인선 055
라이터 좀 빌립시다
ⓒ 이현호 2014

1판 1쇄 2014년 6월 8일
1판 14쇄 2024년 7월 19일

지은이 | 이현호
책임편집 | 김민정
편집 | 김형균
디자인 | 수류산방(樹流山房) 본문 디자인 | 유현아
저작권 | 박지영 형소진 최은진 오서영
마케팅 | 정민호 서지화 한민아 이민경 안남영 왕지경 정경주 김수인 김혜연
　　　　김하연 김예진
브랜딩 | 함유지 함근아 박민재 김희숙 이송이 박다솔 조다현 정승민 배진성
제작 | 강신은 김동욱 이순호
제작처 | 영신사

펴낸곳 | (주)문학동네
펴낸이 | 김소영
출판등록 | 1993년 10월 22일 제2003-000045호
주소 | 10881 경기도 파주시 회동길 210
전자우편 | editor@munhak.com
대표전화 | 031) 955-8888　팩스 | 031) 955-8855
문의전화 | 031) 955-2696(마케팅), 031) 955-2678(편집)
문학동네카페 | http://cafe.naver.com/mhdn
인스타그램 | @munhakdongne　트위터 | @munhakdongne
북클럽문학동네 | http://bookclubmunhak.com

ISBN 978-89-546-2472-5 03810

www.munhak.com

문학동네